英国ちいさな村の謎⑨

アガサ・レーズンと禁断の惚れ薬

M・C・ビートン　羽田詩津子 訳

Agatha Raisin and the Witch of Wyckhadden

by M. C. Beaton

コージーブックス

挿画／浦本典子

ノートン・リンジーのグラドウェン・ウィリアムズに愛をこめて

アガサ・レーズンと禁断の惚れ薬

主要登場人物

アガサ・レーズン……元PR会社経営者
ジム・ジェソップ……ワイカーデンの地元警察の警部
デイジー・ジョーンズ……ホテルの宿泊客
ライチ提督……ホテルの宿泊客
ジェニファー・ストッブズ……ホテルの宿泊客
ハリー・ベリー……ホテルの宿泊客
メアリー・ダルシー……ホテルの宿泊客
フランシー・ジャドル……魔女と呼ばれている女性
ジャニーン・ジャドル……フランシーの娘
クリフ・ジャドル……ジャニーンの夫
イアン・タレット……ワイカーデンの地元警察の刑事
トラル……ワイカーデンの地元警察の女性警官
ピーター・キャロル……ワイカーデンの地元警察の部長刑事
ジェームズ・レイシー……アガサの隣人
サー・チャールズ・フレイス……准男爵
ミセス・ブロクスビー……牧師の妻
ビル・ウォン……ミルセスター警察の部長刑事

1

さびれたイギリスの海辺のリゾートに、失恋してたたずむ中年女性ほど哀れをそそるものはない。おまけにその頭があちこち禿げているときては、わびしさここに極まれりだ。遊歩道に凍てついた風が吹きつけ、夏のにぎやかなイベントを宣伝する破れかけたポスターをはためかせている。たたきつける大きな波に、飛沫《しぶき》が宙高く上がった。

悪辣《あくらつ》な美容師がシャンプーの代わりに脱毛剤を使ったせいで、アガサは髪の毛を失ってしまった。少しずつ生えてきてはいたが、まだ頭皮には毛のない部分が点々とある。旅からようやく戻ってきた最愛の人、ジェームズ・レイシーにこんな姿を見られたくなくて、アガサはカースリーから逃げだし、海辺のリゾート、ワイカーデンで髪が伸びるのを待つことにしたのだった。

滞在先には、こぢんまりしていて高級と宣伝していたガーデン・ホテルを予約した。

だが人工的で明るくて現代的なホテルにすればよかった、と早くも後悔していた。ガーデン・ホテルはヴィクトリア時代からほとんど変わっていないようだ。天井は高く、絨毯《じゅうたん》は厚く、壁はとても堅牢だったので、物音ひとつせず墓場のように静まり返っている。他の宿泊客はすべて年配で、自分自身がその年代にぐんぐん近づいている中年女性にとって、年配者と過ごすのはとても居心地が悪いものだ。しばしば中年男性がジーンズ、高いブーツ、レザージャケットで若作りして、腕を組んで歩ける若い女性を見つけたがる理由が、ふいに納得できた。体重を落とし体を柔軟にしておかなくては、とアガサは決意し、長い散歩をすることにした。

それにガーデン・ホテルのダイニングルームで皺くちゃの宿泊客たちの顔を目にするうちに、フェイスリフトには意義があるかもしれないと思うようになっていた。

ワイカーデンの町は十九世紀末の好景気で栄え、二十世紀に入っても人気を維持していたが、安い海外旅行が登場すると観光客が激減してしまった。わずか二時間の飛行機の旅で太陽がいっぱいのスペインに行けるようになったのに、わざわざ雨のイギリスで休暇を過ごすわけがない。

というわけで、到着した二日後の風の強い日、アガサは強風に頭を低くして誰もいない遊歩道をぐんぐん歩きながら、早く風をよけられる場所を見つけて煙草を吸い、肺から余分な酸素を追いだしたいものだ、と考えていた。

ひっきりなしに波が砕け散る荒れた海の音に背を向けて、玉石敷きの小道に折れた。かつての漁師小屋は今ではイタリアの村のようにパステルカラーに塗られ、〈終《つい》の棲《すみ》家《か》〉、〈放浪を終えて〉、〈隠遁《いんとん》の家〉などというきどった名前がつけられ、裕福な引退者の住まいになっている。観光業は下火だったが、イギリス南部の海辺のリゾートの不動産価格は高騰していた。

ティーショップを見つけて入ろうとすると、ドアに〝禁煙〟の掲示があるのが目に入った。政府はパブでの喫煙を禁止しようとしていると新聞で読んだ。アルコールの害についてはひとことも言わないくせに、と突風によろめきながらアガサは心の中でぼやいた。煙草を吸う人間は運転している車を道から飛びださせたり、家に帰って妻を殴りつけたりしない。そういうことをするのは酔っ払いだ。それに車の排気ガスのほうがずっとずっと空気を汚染しているのに、喫煙だけが政治問題になっている。労働党は喫煙反対で、保守党は喫煙賛成、煙草をやめた中道の連中は全員が苦しめばいいと思っているんだわ。

角に〈犬とアヒル〉というパブを見つけた。古くて愛らしく、漆喰《しっくい》塗りで黒い梁《はり》が走り、風にハンギングバスケットが揺れている。ドアを押して中に入っていった。

コーヒーが飲みたかった。最近のパブではコーヒーを置いているのだ。しかし気分が滅入っていたので、ジンをダブルにしてジントニックを頼んだ。

「氷がないんですが」バーテンダーが言った。

「その必要はないわ。ここは凍えそうに寒いから」アガサは不機嫌に言い返した。

「文句を言ったのはあなたが初めてですよ」バーテンダーはお金をカウンターから集めた。

英国国旗に書いたらいいのに、「文句を言ったのはあなたが初めてです」って、とアガサは苦々しく思った。イギリスでは何かに文句をつける勇気がある臆病ではない客には、決まってそのせりふが返された。

おとなしく敗北を認めて家に帰ったほうがいいかもしれない、と思いながら煙草に火をつけた。パブにはほとんど客がいなかった。アガサと隅にいるカップルだけだ。カップルは手を握りあい、不倫ならではの哀れな情熱をこめて見つめあいながら低い声でしゃべっている。

この町にもいくらかの生気があるにちがいない。

パブのドアが勢いよく開き、長身の男性が入ってきた。バーカウンターに近づいていく男性をアガサはじっくり眺めた。長い黒っぽいコートを着ていて、悲しそうな顔つきだ。重そうなまぶたの下の目は大きくて青く、黒髪は革みたいにつやつやしていてきれいにとかしつけてある。男性は飲み物を注文してから、振り向いてしげしげとアガサを眺めた。彼はアドニスのような美少年とはほど遠かったが、ふいにアガサは風に吹きさらされて赤らんだ自分の顔と、ウィッグをつけたくないのでスカーフをかぶっている頭のことが気になった。

彼はアガサのテーブルのところまで歩いてきてたずねた。「観光ですか？」

「ええ」そっけなく応じた。

「観光には悪い時期を選びましたね」

「悪い場所を選んだのよ。みんな死に場所を求めてここにやって来るんだと思うわ」

彼の青い目がおかしそうに光った。「まあ、われわれなりにお楽しみもあるんですよ。今夜は埠頭のダンスホールでダンスパーティーがあります」彼はアガサの向かいに腰をおろした。

「どうやってそこまで行き着くの？　この天候で埠頭を歩いていったら吹き飛ばされちゃうわ」

「じゃ、わたしが連れていってあげますよ」

「見知らぬ人なのに！」

彼は片手を差しだした。「ジム・ジェソップです」

「そう、ミスター・ジェソップ……」

「ジムでけっこうです」

「じゃあ、ジム。わたしは多少年を食っているだけあって、安っぽいパブで初対面の男にひっかけられたりしないのよ」

相手はアガサのにらみつける目つきと傲慢な態度をおもしろがっているようだった。

「いつもそんなふうだと、何も楽しめませんよ。わたしとダンスに行ったとして、どんなひどいことが起きるんです？　わたしはたぶんあなたと同世代だから、服を脱ぎ捨ててレイプしようなんて思ってませんよ」

「服を全部脱がなくたってレイプはできるわ」

「それは知らなかった。試したことがないのでね」

今夜もまたガーデン・ホテルで気の滅入る夜を過ごすんだわ、とふいに心が重くなった。

「そう、ならいいわ。わたしはアガサ・レーズン。ミセス・アガサ・レーズンよ。ガーデン・ホテルに泊まっているの」

「では、ミスター・レーズンもごいっしょなんですか？」

「亡くなったわ」

「お気の毒に」

「別に」

ジムは驚いたようだったが、こう言った。「八時に迎えに行きます。埠頭はあなたのホテルから近いので歩いていけますよ。お代わりはどう？」彼は空のグラスを指さした。

「いいえ、もう帰ったほうがよさそうだわ」アガサはとにかく彼から逃げだしてホテルに戻り、本当にダンスに行くかどうか考えてみたかった。気が変わったら、フロントスタッフに具合が悪いと伝えてもらえばいいだけの話だ。

アガサはハンドバッグと手袋を手にした。彼は立ち上がり、ドアを開けてくれた。

「じゃ、また今夜」アガサはあいまいな返事をすると、そそくさとパブを出ていった。

ホテルの部屋に戻ると大型衣装だんすの姿見のついた扉の前に立ち、見知らぬ男性に誘われるような魅力がどこかにあるのかしら、と自分の姿をじっくりと眺めた。頭はきつくスカーフに包まれ、メイクをしていない顔はつやつやしていて、寒さで鼻がまだピンク色だ。目はいつも以上に小さく見えた。コートを脱ぐとスカーフをはずし、げっそりしながら髪の毛を見る。魅力なんてまるでないわ、あの人はいかれているにちがいない。行くのはやめよう。腕時計を見た。そろそろランチの時間だ。顔を洗い、化粧テーブルの前にすわった。テーブルはインゲン豆の形で三面鏡が備えつけられ、大きなベッドにかけられた光沢のあるグリーンのシルクとおそろいのひだ飾りがついている。二〇年代の化粧テーブルだわ。そもそも、このホテルには新しい家具があるのかしら。ていねいにメイクをして、つやのある茶色の髪のウィッグをかぶった。なかなかのものね。この姿をジム・ジェソップが見たら……。

もう一度ハンドバッグを手にとると、ダイニングルームで老人たちが話しかけてきたときのバリケード代わりにペーパーバックも持った。それから真鍮《しんちゅう》の蹴込み板がついている分厚い絨毯の敷かれた階段を下りていった。踊り場の大きなステンドグラスの窓から気まぐれな日差しが射しこんできて、階段の鮮やかなトルコ赤の絨毯をまだら模様に染めあげている。

ダイニングルームは天井が高く、海を見晴らす長い窓がある。

アガサは隅のテーブルにつくと、他の食事客をこっそりうかがった。ウェイトレスが「提督」と呼ぶ年配の男性。見事な白髪で皺《しわ》だらけの日に焼けた顔をしている。長身で背筋がピンと伸び、古いが仕立てのいいツイードのジャケットを着ていた。彼に秋波を送って、あきらかに関心を引こうとしている女性はカラーリングしているとおぼしきブロンドだった。こってりと白粉《おしろい》をはたき、口紅は深紅だ。えりぐりの深いブラウスからは目をそむけたくなるほど皺くちゃでそばかすだらけの胸元がのぞいている。男性はもう一人いた。小柄で気むずかしい顔つきの背中が丸くなった男。それから二人組の年配女性の一人は長身で筋肉質の体にツイードの服を着て、もう一人は小柄でやせていてウサギのような顔をしていた。

まさに安楽死の広告ね、とアガサは陰気に考えた。

運ばれてきた食事は堅実なイギリス料理でおいしかった。メイン料理はポークテンダーロインで、蜂蜜とりんごのソースがかかっていて、玉ねぎ、ローストポテトとボイルドポテト、カリフラワーのチーズ和え、豆が添えられていた。

そのあとで濃厚なクリームをたっぷりかけたキャラメルプディングが出された。アガサは全部平らげ、スカートのウエストが食いこむのを感じてうめき声をもらした。さらに長い散歩をしなくては。さもないと、一日じゅう眠いし体が重いしでつらいだろう。

潮が引いていたので、今回は砂利浜に行ってみた。大きな灰色がかった緑の波が打ち寄せては砕けている。

ふいに学校で習ったマシュー・アーノルドの詩の一節が思い浮かんだ。

しかし今聞こえるのは
憂いに満ちた長い引き波のうなりだけ
夜風のため息とともに
どこまでも広がるこの世の荒れ果てた砂利だらけの浜辺へと
波は戻っていくだけなのだ

アガサは明るい気分になった。何かを思い出せるのはすばらしい。たとえ詩の断片でも。年をとるにつれ、記憶がどんどん失われてしまうのではないかと怖かった。波が打ち寄せては引いていく光景は眠気を催させた。風が静まってきて、淡い日の光が荒れた海に射している。何キロも歩いてからホテルに戻ったときにはエネルギーにあふれ、気分爽快になっていた。謎のジム・ジェソップと埠頭のダンスホールに出かけてもいい気がしてきた。思いがけないささやかな冒険だ。

ほぼ決心が固まったところで、ロビーにいたブロンドの女性が話しかけてきた。

「まだ自己紹介してなかったわね。わたしはミセス・デイジー・ジョーンズです」

アガサは握手の手を差しのべた。「アガサ・レーズンです」

「実はね、ミス・レーズン……」

「ミセスよ」

「ミセス・レーズン。提督がね、というのはあのライチ提督のことなんですけど、ディナーのあとでみんなでスクラブルをやりましょうっておっしゃっているの。宿泊客はわたしたちだけなのよ。ミス・ジェニファー・ストッブズとミス・メアリー・ダルシーはスクラブルにとても熱心なの。それにミスター・ハリー・ベリーにはいつも負かされているわ」

「それはご親切に」アガサは言いながらあとじさった。「でも、約束がありますから」

「あなたを見かけたとき、きっとお仕事をしているんだと思ったわ。提督にも言ったんですけど――」

「約束ってデートなんです。男性と」

「まあ、そうなの。じゃあ、また今度」

アガサは逃げるように部屋に戻った。まちがいなくあの連中とスクラブルをするよりも、埠頭のダンスホールのほうがよほどましだわ！

七時になると、アガサはサンドウィッチとミネラルウォーターのルームサービスを頼んだ。

十分後に年配のウェイターが注文の品を持ってぎくしゃくした足どりで入ってきたので、たっぷりチップをはずんだ。ウェイターはひどく年寄りで弱々しかったので、ホテルがルームサービスに使っている重くて頑丈なシルバーのトレイをやっとのことで運んでいるように見えたからだ。

手早く食事をすませると、イブニングブラウスに黒のベルベットのスカートを合わせた。慎重にウィッグをつけると、メイクをする。それから大型衣装だんすの扉を開けた。このたんすは他のホテルだったら、小部屋に改造されていただろう。ヴィクトリア朝時代の巨大なマホガニーのたんすの中には、ミンクのコートがかかっていた。それをとりだして毛をそっとなでる。これを着ても大丈夫かしら？　動物保護論者に唾を吐きかけられ、むしりとられたりしない？　埠頭のダンスホールのクロークに預けたらなくなるかもしれない。でも布地のコートを着ていくなら、イブニングブラウスにカーディガンをはおっていかなくては寒いだろう。罪悪感を覚えつつも、毛皮が流行したはるか昔にそれを買ったときのことを思い出しながらミンクをはおった。それからウィッグを固定するためにシルクのスカーフを巻いた。また風が強くなるかもしれない。

一階に下りていくと、ジムがロビーで待っていた。さっきとはちがう黒いロングコートの下に白のイブニングシャツを着てブラックタイをしている。

「正式な催しなの？」アガサはたずねた。

「ワイカーデンではいつもドレスアップするんだ。とても古風な土地柄だからね」

「どういうダンスパーティーなの？　ディスコ？」

「いや、ふつうのダンスホールだよ」

埠頭沿いに歩いていくときに、アガサはポスターを見つけた。「年配者向けのダンスパーティー」と書いてある。そして小さな文字で「年金生活者は半額」

この町にいると早くも年寄りの気分になるわ。来なければよかった。

二人はコートをクロークで預けてから、ダンスホールに入っていった。踊っているのは全員が中年か高齢の人々で、元気のいい軍隊式のツーステップのダンスだった。

「踊りますか？」ジムが誘った。

アガサはバーの方を物欲しげに眺めた。「まず一杯やりたいわ」

「たしかに」ジムは彼女をバーの方に連れていった。「ジントニック？」

アガサはうなずいた。彼が二人分の飲み物をとってくると、ダンスフロアのわきの小さなテーブルにすわった。

カップルが近づいてきた。長身の赤毛の女性は髪の毛を大きくふくらませ、胸が大きく、マスカラをこってりつけているので、二匹の蜘蛛《くも》が顔に貼りついているみたいに見えた。パートナーは小柄で真っ赤なジャケットに白いズボンという服装だった。

「ジム、元気？」赤毛が声をかけてきた。

「アガサ、こちらはメイジーとクリスのリーマン夫妻だ。アガサ・レーズンだよ」ジムが紹介した。

「仲間入りしてもいいかしら？」メイジーは言うと、クリスといっしょに椅子を引き寄せ、招かれていないのにさっさとすわった。「ブランデーのベビーシャム（洋梨風味のスパークリングワイン）割をお願いね、クリス。お気に入りなの」メイジーは言ってから、アガサに向かって話しかけてきた。「会うのは初めてよね」

「休暇で来ているの」アガサは答えた。

「どこに泊まっているの？」

「ガーデン・ホテルよ」

「あら、高級なところだこと」彼女はジムの脇腹を突いた。「ねえ、お金持ちの未亡人をゲットしたの？」

なんてぞっとする人たちかしら、とアガサは思った。ここから逃げだしたかった。

クリスが飲み物を持って戻ってきた。ワイカーデンで何をやっているのかとクリスにたずねられたので、もう一度休暇だと繰り返した。

「休暇にしちゃ、妙な場所だなあ。たいていの人間は死に場所を求めてここに来るからね」今度はクリスがメイジーの脇腹を突き、彼女は金切り声をあげて笑った。

「ダンスはどう、アガサ？」ジムが誘った。

「ええ、お願い」アガサはテーブルから立ち上がると、ほっとしながらセントバーナード・ワルツをジムと踊った。わたしったら、どうしてこんなにスノッブなのかしら、とアガサは自分にいらついた。でも、クリスとメイジーには我慢できないし、ジムの友人がああいう連中ばかりなら、今後はもう会いたくないわ。ジムは巧みに踊りながら、フロアの他のカップルとあいさつを交わしている。彼はおそろしくたくさんの人たちと顔見知りのようだった。もっともワイカーデンは小さな町なのだ。

「長くここで暮らしているの？」アガサはつま先で見事にくるっと回りながらたずねた。たちまちステップの勘が戻ってきたのにはびっくりだわ。

「生まれたときからね」

「そういえば結婚しているか訊いていなかったけど」

「していたよ」ジムは言った。「女房は亡くなった」

「ずいぶん前に？」

「十年前だ」

「お子さんは？」

「二人。二十八歳の息子と三十二歳の娘がいるよ」

「それで、二人は何をしているの？」ダンスが終わったら、彼をクリスとメイジーから遠ざけておけるかしら、と考えながらアガサはたずねた。

「息子のジョンはエンジニアだ。未婚だよ。娘のジョーンはエセックス大学の講師と結婚している。二人の子どもがいてとても幸せに暮らしている」

ダンスが終わった。次はタンゴだとアナウンスされた。ほっとしたことに、クリスとメイジーがダンスフロアに出ていくようだった。

二人はまた席にすわった。一組のカップルがわきを通り過ぎていった。

「今夜は悪漢たちからお休みをもらったの？」女性が叫んだ。

ジムは笑ってうなずいた。

「どういう意味？」アガサはたずねた。

「わたしは警察の警部なんだ」

アガサは目を輝かせた。「実をいうと、わたし、素人探偵なのよ」そして、いくつかの〝わたしの事件〟についてかなり脚色して聞かせた。アガサは自分の話にすっかりのめりこんでいたので、ジムがどんどん気まずい顔つきになっていくのに気づかなかった。

自分が関わった殺人事件のうっとりするような話の真っ最中に、クリスとメイジーがテーブルに戻ってきた。

「ダンスをどう、メイジー？」アガサが話の最中だということにまったく気遣いをせずに、ジムが誘った。

ジムがメイジーをフロアに連れていくと、アガサの顔は屈辱のあまりピンク色になった。「ダンスは？」クリスが誘った。

「いいわよ」アガサはむっつりと答えた。

クリスはダンスホールでよく見かける、これみよがしに踊る人間だということがわかった。音楽とは関係なく、やたらにターンしたり滑るようなステップを踏んだりした。おまけに制汗剤のオールドスパイスのにおいをプンプンさせていて、まさに浴びるようにつけてきたにちがいなかった。

そのあとジムはアガサをさまざまなカップルに次々に紹介し、なぜかアガサはそうしたカップルの男性と踊ることになり、ジムはお相手の女性と踊っていた。アガサは傷ついていた。警部なら、わたしも犯罪者をつかまえたことがあると知ったら喜ぶものじゃないの？

とうとう夜は終わった。ジムはアガサにミンクのコートをはおらせ、外に連れていった。風がまた強くなっていた。激しい風が埠頭に吹きつけ、埠頭を飾るライトが上がったり下がったりしている。アガサはシルクのスカーフをとりだそうとしてコートのポケットを探った。だが、とりだして頭にかぶろうとしたとたん、風が手からスカーフをもぎとり海の中に運んでいってしまった。

「ああ、大変」アガサは泣き声をあげた。「いちばんいいスカーフだったのに」

「何だって？」風の咆哮《ほうこう》と海の轟きに負けまいとして、ジムが叫んだ。

「わたしが言ったのは……」そこでアガサはまた悲鳴をあげた。ひときわ激しい突風が吹きつけてきて、ウィッグをさらっていったのだ。埠頭の手すりにひっかかったので、取り戻そうと駆け寄った。だが、手を伸ばしたとたん、またもや突風が吹いてきて、荒れ狂った夜の黒々した波間へとウィッグを運んでいってしまった。

耳までコートのえりを引っ張り上げようとしながら、アガサはジムのところに戻っていった。埠頭の揺れるライトが哀れな彼女の髪の毛を照らしだした。

「ウィッグをなくしちゃったわ」アガサは嘆いた。

「女房は癌《がん》で亡くなったんだ」ジムが叫んだ。

「癌じゃないの」アガサは泣き声をあげた。

二人は無言のままアガサのホテルまで歩いていった。屋根つきの入り口に入るとアガサは言った。「楽しい夜をありがとう。一杯どうぞとお誘いしなくてごめんなさい。とても疲れちゃって」

「休暇の残りを楽しめるように祈ってるよ」ジムはぎこちなく言うと、回れ右をして帰っていった。アガサがうつむいて階段に向かおうとすると、ミセス・デイジー・ジョーンズがロビーにいた。

「おやすみなさい、ミセス・レーズン」

アガサは返事代わりにあいまいにつぶやくと、急いで階段を上がっていった。巣穴にもぐる動物さながら自分の部屋に飛びこんだ。ここは避難所だわ。ああ、なんてひどい夜だったのかしら。それに、あのウィッグには大枚をはたいたのよ。

アガサはパニックに襲われた。このホテルに閉じこめられて何をしたらいいの？明日、チェックアウトして移動しよう。

翌朝、朝食を終えかけたとき、デイジー・ジョーンズがテーブルに近づいてくるのが見えた。アガサは〈デイリー・メール〉をバリケード代わりに持ち上げたが、ひるみもせずにデイジーは陽気に声をかけてきた。「ゆうべ、あなたの髪にどうしても目がいっちゃって。何があったの？」

「精神的な病気のせいよ」アガサは言った。冒険について自慢する気はもうなくなっていた。

デイジーはすわるとテーブル越しに体をのりだした。分厚く塗られた白粉が顔の皺に入りこみ、ひび割れている。小さな薄い唇にはこってり口紅が塗られていた。

「あなたを助けられる人を知ってるわ」彼女はささやいた。

「お医者さんからはじきに髪が生えてくると言われているの」アガサはむっとして言い返した。今朝は青いスカーフで頭を包んでいる。

「フランシー・ジャドルって聞いたことある？」

「何者なの？」

「ええとね……」デイジーは小さなクスクス笑いをすると、あたりをそっとうかがった。「地元の魔女なの。でも、奇跡を起こすのよ。メアリー・ダルシーのいぼもとってくれたわ」

「それで、その魔女はどこに住んでいるの？」

「パートンズ・レーンのピンクのコテージよ。町はずれのあたり。遊歩道の終点まで歩いていって左に折れたらすぐ見つかるわ。海から三軒目のコテージよ」

「ありがとう」アガサは礼儀正しくしながらも、気の乗らない声で言った。

「ぜひ試してみて。彼女には超自然的な力があるの。ところで、今夜ディナーのあとで、またラウンジでスクラブルをやる予定よ。よかったらいっしょにどうぞ」

「何も予定がなければ」アガサは答えると、また新聞を手にとった。

デイジーがいなくなると、その魔女に対する好奇心がむくむくとわきあがってきた。彼女を訪問すれば、多少気晴らしになるだろう。おまけに、荷物を詰めて他の場所に移動すると考えただけで、気力が萎《な》えた。

三十分後、ミンクのコートにくるまって、アガサは遊歩道を歩いていった。風のまったくないどんよりと曇った日だった。大きな透明な波が砂利浜で渦巻き、長い音を響かせて引いていく。

ゆうべのことが頭をよぎった。ウィッグをなくしたときにジムに見限られたのではないことは確かだった。そのずっと前に見放されていたのだ。かつての決意とエネルギーが戻ってきた。カースリーに戻ったときには、ジェームズ・レイシーに髪の毛がふさふさ生えた幸せそうで健康的なアガサ・レーズンを見せつけてやる。遊歩道沿いにはヴィクトリア時代の鉄とガラスでできた小さな家々が建っていて、老人たちが集まって海を眺めていた。死が訪れるのを待っているんだわ、とアガサは身震いしながら思った。死に神が言う、さあ入って、九番、あんたの寿命は尽きたよ。

うつむいたまま老人たちの前を急いで通り過ぎた。遊歩道が終わるとパートンズ・レーンだった。ピンク色のコテージまで行き、真鍮でできた悪魔の頭の形をしたノッカーをドアに打ちつけた。

少しして、感じのいい顔立ちの薄いグレーの目をした小柄でぽっちゃりした女性がドアを開けた。豊かな黒髪をフレンチロールにしてまとめている。

「何か?」

一瞬、アガサはデイジーの名前が出てこなかった。それから思い出した。

「ガーデン・ホテルのデイジー・ジョーンズから、あなたが力になってくれるだろうって推薦されたんです」

「まず電話で予約をとることになっているのよ」フランシー・ジャドルは言った。「でも、ついてたわね。ミセス・ブレイズウェイトが来ることになっていたけど、亡くなったから」

アガサは驚いて目をぱちくりしたが、彼女のあとから家に入っていった。

てっきり黒いベルベットの布地がかけられたテーブルに水晶の球が置かれた暗い聖所めいたところに案内されるのかと思っていたが、上等な家具のあるこぢんまりした居心地のいい客間に通された。火が盛んに燃え、黒ではなく白い猫が暖炉の正面のかぎ編みのラグの上で眠っている。

「すわってちょうだい」フランシーは暖炉のそばのゆったりした背もたれのついた肘掛け椅子の方にうなずきかけた。アガサはまずミンクのコートを脱いでから、椅子にすわった。「そういうものは着るべきじゃないわね」フランシーが言った。

「どうして？」

「あなたが暖かく過ごすために命を奪われた、たくさんの小さな動物たちのことを考えてごらんなさい」

「動物保護運動の演説を聴きに来たんじゃないわ」

フランシーはアガサの向かいの椅子にすわった。彼女はとても短い足に薄い色のストッキングをはいていた。

「で、どういうご相談なの？」

アガサは頭からスカーフをはずした。「これを見てちょうだい」

「何があったの？」

「ある邪悪な女に脱毛剤でシャンプーされたのよ。ようやく生えかけてきたところ」

「あらまあ、それを治す薬ならあるわよ」フランシーはにこやかに言った。

「じゃあ、それをいただける？」アガサはせっかちに頼んだ。

「いいですとも。八十ポンドよ」

「何ですって！」

「八十ポンドいただくわ」

「ずいぶん高いのね、もしかしたら効かないかもしれないのに」

「効くわよ」

「みんな、いろいろな悩み事であなたのところに来るんでしょうね」

「いぼから惚《ほ》れ薬までさまざまよ」

「惚れ薬！　まさかそんなものはないでしょ」

「それがあるのよ」

「フランシー、フランシーって呼んでいいかしら？……わたしたちはどちらもビジネスウーマンよね。わたしはこれまで皺を消すっていう化粧品にひと財産つぎこんだけど、効果はないし、キスしてもとれないっていう口紅も同じだった。だから、あなたの毛生え薬もすぐには信じられないの」

フランシーは目をきらめかせた。「試してみるまでわからないでしょ」

「惚れ薬はおいくらなの？」

「二十ポンドよ」

「じゃあ、毛生え薬よりも惚れ薬のほうが安いのね」

「そういうこと」

「だけど、この毛生え薬に効果があるなら、あなた、億万長者になれるじゃないの」

「わたしはいろいろな薬のレシピを持っているから、製造業に乗りだせば億万長者になれるでしょうね。でも、工場とかそういうことを考えただけで頭が痛くなるのよ」

「その必要はないわよ」どこまでも抜け目のないアガサは提案した。「薬のレシピを高く売ればいいだけよ」

「もうじきクライアントが来る予定なの。薬はいるの、いらないの？」

アガサはためらった。でも、二度と髪の毛が元どおりにならないかもしれないと思うと恐怖がこみあげてきた。「いただくわ」しぶしぶ答えた。「それから、惚れ薬もお願い」

フランシーは立ち上がって部屋を出ていった。アガサも立ち上がり、小さな窓から外を見た。日差しが外の玉石に射しはじめている。また風が強くなってきた。なんだか自分がまぬけに思えてきた。ジェームズ・レイシーに惚れ薬を飲ませて具合が悪くなったらどうするの？

フランシーがボトルをふたつ持って戻ってきた。ひとつは大きく、もうひとつは小さいボトルだった。「小さいほうは惚れ薬で、大きいほうは髪の毛用よ。寝る前に毎晩髪につけてね。惚れ薬は飲み物に五滴垂らして。あなた、未亡人なの？」

「ええ」

「わたしは降霊会を開いているの。愛する亡き人と話をさせてあげるわよ」

「夫は亡き人だけど、愛してはいないわ」

「お薬はあわせて百ポンドよ」

「そんなに現金の持ち合わせがないんだけど」

「小切手でもけっこうよ」

アガサは小切手帳をとりだし、小さなテーブルに置いた。「フランシー・ジャドル宛てでいいのね？」

「ええ」

アガサは小切手を書いて彼女に渡した。それからコートを着て、ふたつのボトルをハンドバッグにしまうとドアに向かった。

「そのコートは処分なさい」フランシーが言った。「恥さらしよ」

アガサはフランシーをにらみつけ、返事をせずにドアから出た。このコートがわたしにとってどんな意味があるのか、他人にわかるもんですか。生まれ育ったバーミンガムのスラム街から大変な苦労をして脱け出し成功への階段を上りはじめたときに、生まれて初めて買った高価な品物がこのコートだった。彼女にとって、このコートはまさに輝く紋章、裕福な新しいアガサ・レーズンの登場を示すものだったのだ。しかも、毛皮を着ることが罪だとみなされるようになる時代よりもずっと前のことだ。

外に出ると太陽が出ていて、人々がそぞろ歩いている。若者がたくさんいた。いきなりワイカーデンの町は息を吹き返したかのようだ。ジムと会ったパブに行ってみることにした。よくわからない理由で嫌われたことが許せなかった。

パブのドアを開けた。ランチの時間帯だったので、サラリーマンたちで混み合っている。だが、どうにか空いたテーブルを見つけると、バーカウンターでジントニックを注文して運んでいった。

急がないとホテルのランチを食べそこなうだろうし、パブの食事は試してみる気になれなかった。においからしてまずそうだったのだ。ジントニックを飲み終えたとき、ドアが開いてジムが入ってきた。彼はアガサをちらっと見ると、そのまままきびすを返して出ていった。

アガサは泣きたくなった。だが、あんなふうにパブでわたしに声をかけたことからして変わり者なのよ、と自分を慰めた。だから、妙なふるまいをしたからといって驚くにはあたらないわ。

アガサは日差しの中に出ていったが、風は冷たかったので暖かいコートを着てきたことがうれしかった。

ホテルに向かって歩いていくと、塀にすわってビールを飲みハンバーガーを食べている若者の一団の前を通りかかった。そのうちの一人のノーズリングとイヤリングをした若い女の子がいきなりアガサに飛びかかってきて、コートにつかみかかると叫んだ。「人でなし」

仰天して、アガサは彼女を思いきり突き飛ばすと走って逃げだした。

ホテルに入ると、急いで部屋に行き、大切なコートを脱いで、たんすの中にていねいにしまった。

もうたくさん。あと一日したら、チェックアウトしよう。

ディナーのあとで、アガサはしぶしぶラウンジで他の宿泊客に加わった。提督がスクラブルのボードを広げていた。

長身で筋肉質の女性はミス・ジェニファー・ストッブズで、小柄なやせっぽちの女性はミス・メアリー・ダルシーだとわかった。年寄りの蟹みたいな男はハリー・ベリーで、防虫剤とペパーミントのにおいをプンプンさせている。デイジー・ジョーンズはライチ提督にさかんに色目を使っていた。

「ずいぶん宿泊客が少ないのね」アガサは言った。

「全員がここに住んでいるの、あなた以外はね」ジェニファーが言った。彼女は大きな血色の悪い顔をしていて、上唇の上に髭が生えている。髪の毛は白髪交じりで短くカットしていた。「でもシーズンや週末にはお客が詰めかけるわよ」

「スクラブルはお得意かね、アガサ?」提督がたずねた。アガサはファーストネームで呼ばれたことに一瞬驚いた。彼女の暮らしているカースリー村の古めかしい婦人会では、お互いにミセスなんとか、ミスなんとか、と呼び合っているのだ。

「そこそこです」アガサは言った。すると婚約時代にジェームズとスクラブルをやった穏やかな夜のことが思い出され、暗い気持ちになった。

アガサはかなり健闘したが、他の人々はスクラブル好きであるばかりか、クロスワードパズル中毒でもあったので、とうてい歯が立たなかった。

「フランシーのところに行ったの？」デイジーがたずねた。

おそらく色水にちがいないボトルふたつに百ポンドも払ったことですでに屈辱を覚えていたので、嘘をついた。「いいえ」

「あら、行くべきよ。とても腕がいいから」

新しいゲームが始まった。今回はさらに頭を絞ったが、それでも最低点だった。

「今夜はそろそろおしまいにしよう」ライチ提督が言った。驚いたことに、すでに真夜中過ぎだった。

一杯やろうという提督の誘いを断り、部屋に上がっていった。全員がつきあいやすい相手だったし、老人はいったん知り合いになると、意外なことに外見よりもぐっと若く感じられるものだ、と考えていた。

ブラウスを脱ぎ、洗濯袋に入れた。それからスカートを脱いで、大きな衣装だんすにつるそうとした。

扉を開けた。

とたんに悲鳴を上げた。

2

大切なミンクのコートが引き裂かれ、赤いペンキがぶちまけられていた。

アガサはたんすからあとずさりした。全身ががたがた震えている。震える両手を握りしめると、とてつもない怒りがわきあがってきた。フロントには夜間スタッフしかいないはずだ。警察に電話しよう。地元の電話帳を調べ、〝9〟を押して外線につなぎ、ワイカーデン警察署に電話した。

「こんばんは、ワイカーデン警察です」退屈そうな声が言った。

アガサは毛皮のコートへの冒瀆《ぼうとく》についてぶっきらぼうな口調で説明した。

「他に被害は？」やはり退屈そうにたずねた。

アガサはあわてて部屋を見回した。「見る限りではないわ」

「何も触らないように。すぐにそちらに捜査員を行かせます」

アガサは部屋を見回してみた。他には何も手を触れていないようだ。化粧テーブル

の上に開けっぱなしにしておいた宝石箱も、すべてのアクセサリーが入ったままだ。

ホテルの夜間フロントスタッフに電話して、起きたことと、警察に電話したことをとげとげしく説明した。「すぐにうかがいます」彼は言った。

まもなくドアがノックされた。夜間フロントスタッフはガーデン・ホテルのような施設にしては若く、まだ四十代のようだった。不健康そうな毛穴の開いた灰色の肌をして下向きの口髭を生やし、髪は黒く染めている。アガサのコートの惨状を目にして、彼は言葉を失った。「部屋に鍵をかけるのを忘れたんですか?」

「忘れるもんですか。他の人たちとスクラブルをしていたの。ドアに鍵をかけて、鍵はハンドバッグに入れておいたわ」

「住人の方の中には物忘れが激しい方がいらっしゃいます」

「老人といっしょにしないで!」アガサは怒鳴った。「ドアに鍵をかけたと言ったら、かけたのよ!」

年配者は眠りが浅いし、他の住人たちも何かが起きていることに気づいたにちがいない。アガサの部屋のドアが開いて、デイジー・ジョーンズがピンクのキルトのドレッシングガウンにくるまって姿を見せ、部屋をのぞきこんだ。続いてすぐにまだ服を着たままの提督が現れた。二人ともぞっとしたようにめちゃくちゃにされたコートを眺めた。

「福祉制度がいかんのだよ」提督が言った。「生まれてから一日も働いたことのない若者たちがここにはうろうろしている」他の住人たちもどやどやとやって来て、しゃべったり叫んだりした。

「みなさん、おひきとりいただいたほうがいいわ」アガサは困って言った。「警察は部屋で指紋をとりたいでしょうから」

「ミセス・レーズンはどなたですか?」戸口で声がした。住人たちはふたつに分かれた。きつそうなスーツとアノラック姿のずんぐりした男と、半分寝ているように見える女性の警官が現れた。

住人たちはぞろぞろ廊下に出ていった。「イアン・タレット刑事だ」と男は名乗り、年寄りの住人たちの眼前でドアを閉めた。「これが例のコートですか?」

「コートだったものです」アガサは苦々しげに応じた。

「最初から始めましょう、ミセス・レーズン。観光でいらしたんですか?」

「ええ。数日前に来たばかりです」

「どうしてワイカーデンに? ここに知り合いでもいるんですか?」

「いいえ、たんに休暇でどこかに行きたかったので」

「到着してからそのコートを着ましたか？」

「ええ、ゆうべ埠頭のダンスホールに着ていったわ。ジム・ジェソップ警部といっしょに行ったんです」

「ワイカーデンには誰も知り合いがいないとおっしゃったが」

「彼がパブで声をかけてきたんです」冷たくされたので、警察署内で噂が広がればいい、と意地悪く考えた。

「近頃、毛皮を着ている女性を攻撃する人々がいます。あなたを襲ってきた人がいましたか？」

「ええ、今朝、遊歩道で。ホテルに戻る直前です。若い人たちが塀にすわっていたんです。ノーズリングとイヤリングをつけたスパイクヘアの女の子につかみかかられました」

「通報しなかったんですか？」

「そうしたら何かしていただけた？」

「もちろんです。通報するべきでしたね。他に批判的な意見を口にした人間は？」

アガサはワイカーデンの魔女、フランシー・ジャドルを訪ねたことをうしろめたく考えた。魔女に相談したことは白状したくなかった。それに、惚れ薬をもらったと報告して、警察に何がわかるだろう？

「いません」アガサは嘘をついた。

「明日の朝に鑑識の人間を寄越して指紋をとらせます」

「どうして朝なの？　今とらないの？」

「いろいろ予定が立てこんでいるんです。仕事が多くて」

「ワイカーデンで犯罪が急増しているってこと？」

「そういうわけじゃありません。予算が足りないんですよ。小さな警察署なんです。鑑識の人間は大都市のハダートンから派遣してもらわなくてはならない。できれば朝になったら署に来て供述をしてもらいたいんですが」

「わかりました」アガサは疲れたように言った。

「コートには保険がかけてありますか？」

「いいえ。家にいたら家財保険でカバーされたかもしれないけど、ここに来るのに旅行保険に入ることは考えなかったの」

「次のときはもっと賢くなっているでしょう」刑事がもったいぶった口調で重々しく言ったので、アガサはひっぱたいてやりたくなった。

アガサは女性警官を見た。ベッドにすわり、顎が胸にくっつかんばかりになって目を閉じている。「彼女、眠ってるわよ」アガサは指摘した。

「トラル巡査！」タレットが怒鳴った。

「寝てません。考えていたんです」彼女は弁解した。

タレットは夜間のフロントスタッフに言った。「下に行こう。誰がこの部屋の鍵を手に入れられるのか話してもらおう」

アガサは彼らが出ていくのを見送った。一杯飲みたかったが、このホテルはあまりにも旧式なので、ミニバーのような現代的なものはなかった。ぐったりと椅子にすわりこんだ。フランシーを訪ねたことについて嘘をつくべきではなかった。そのとき、はっとした。フランシーはコートを批判した。遊歩道で襲ってきたあんな格好の娘が高級なホテルに来ることはまずないだろう。コートをだいなしにされて動揺していたせいもあって、アガサは即座に犯人はフランシーにちがいないと判断した。ホテルの宿泊客たちはスクラブルをしていた。デイジー・ジョーンズは「お化粧を直しに」と遠回しに言ってトイレに一度中座したが、一階のトイレの方に歩いていった。提督とミスター・ベリーは飲み物を買うために二度席を立ったが、どう考えても、あの年配の紳士たちが階段をこっそり上がっていって、ミンクのコートを切り裂いたとは思えなかった。

あのいまいましいフランシーにちがいない。今頃、ほくそえみながら寝ているのだろう。

アガサは出かけていって彼女をたたき起こしてやることにした。彼女が犯人なら、手や爪の下にまだ赤いペンキがついているはずだ。

暖かいアノラックを着ると、階下に向かった。タレットとトラルがまだ夜間フロントスタッフに質問しているところだった。「ちょっと外の空気を吸ってくるわ」アガサはさりげなく伝えた。

人気《ひとけ》のない遊歩道を小さな冷たい月に照らされて進んでいきながら、もしも〝だいなしにされたミンクのコート事件〟を解決すれば、ジム・ジェソップにわたしの能力を認めさせることができるかもしれない、と考えて元気が出てきた。

夜はとても静かで、町の静寂は不気味なほどだった。自分の足音だけが異様に大きく響いている。

だんだん勇気がしぼんできた。フランシーがドアを開けようとしなかったら？　近所の人間が警察に通報したら？　それでも、自分に冷淡になったジムにまた関心を持たせたいという一念で進んでいった。

パートンズ・レーンに曲がったとき、角の街灯が切れていることに気づいた。そのせいで小道の入り口は真っ暗で、玉石でつまずきそうになった。ピンクのコテージまで来ると片手をあげて、力いっぱいノックした。ドアが揺れながら大きく開いた。

超自然的な恐怖がわきあがった。魔女がアガサの来るのを知っていて、魔法でドアを開けたかのようだ。アガサは中に入っていった。「フランシー！」彼女は叫んだ。

あの魔女は二階で眠っているにちがいない。廊下を手探りして、ようやく階段の下に明かりのスイッチを見つけた。少し自信をとり戻し、眠っているフランシーを驚かせてやるのもおもしろい、相手が目を覚ます前に手と爪を調べようと考えた。ホテルと同じように分厚い絨毯が敷かれた階段を足音を忍ばせて上りはじめた。

そっとひとつのドアを押し開いた。バスルームだ。もうひとつのドアを試す。納戸だ。もうひとつのドア。階段からの光で、寝室だということが見てとれた。ドアの内側を探って明かりのスイッチをつけた。

フランシー・ジャドルはベッドから半分ずり落ちかけて横たわっていた。頭の大きな傷から血が白い絨毯に滴《したた》り落ちて、黒い染みを作っている。白猫がベッドの端にうずくまっていた。猫はアガサを見ると、顔めがけて飛びかかってきた。アガサは悲鳴をあげて逃げだした。

まずとっさに逃げたいと思った。でも、フランシーは生きているかもしれない。べッドのかたわらに電話の子機があった。指紋、わたしの指紋がそこらじゅうについているにちがいない。どうして手袋をはめてこなかったんだろう？　ここに来たことをどう説明したらいいの？

警察署の番号は忘れてしまった。九九九に震える声で電話して警察と救急車を頼むと、階下の狭い玄関ホールに下りて待つことにした。

カースリーを離れるんじゃなかった、と心の底から後悔した。ホールの小さな椅子にへたりこむ。昼間にフランシーを訪ねたことはばれてしまうだろう。それに、こんな真夜中にフランシーのコテージを訪ねたことをどうやって説明したらいいだろう？

コテージの外で車のドアがバタンと閉まる音がした。タレット刑事が眠そうな女性警官を引き連れて入ってきた。

「どういうことなんですか？」彼は詰問した。「ここで何をしているんですか？」

「ミセス・ジャドルなの」アガサは言った。「二階の寝室にいるわ。死んでいると思う」

そのとき救急隊員が入ってきた。

「案内してください」タレットが言った。

アガサは先に立って階段を上がり寝室に行き、ドアを指さすと、警察と救急隊員が入っていくあいだ廊下で待っていた。ジム・ジェソップが階段を上がってきた。

彼はアガサを見た。「その中です」アガサは小さな声で言った。

アガサは玄関ホールに戻った。まもなく鑑識係員が道具を、検死官が黒い袋を持って到着した。救急車に急いで運びこまれなかったから、フランシーは死んでいたにちがいない。さらに警官が到着して、コテージの周囲を立ち入り禁止にした。

アガサはこっそり抜けだしてホテルに帰るべきだろうかと思った。警察はわたしの居場所を知っているわけだし。しかし、そのまま待っていた。震えは止まっていたが、ぐったり疲れていた。

ジム・ジェソップ警部が階段を下りてきた。「署に同行してもらったほうがいいでしょう。トラル巡査がお連れします」彼の目はよそよそしく無表情だった。

女性警官が階段を下りてきた。周囲のコテージはどこも明かりがついている。彼女が外に出ていくと、フラッシュが光った。地元のマスコミが到着したのだ。アガサはひるんで顔を隠そうとした。パトカーに乗りこむときに、またフラッシュがたかれた。

ショックと疲労で麻痺したようになったままアガサは警察署に連れていかれ、取調室に入れられた。トラル巡査はミルクたっぷりのお茶とダイジェスティブ・ビスケットをアガサに持ってくると、隅にすわって両手を膝で組んだ。

アガサはお茶をすすって思わず鼻に皺を寄せた。薄い紙コップに給茶器から注がれるようなお茶だった。お茶を押しやると、頭をデスクにのせ、たちまち眠りこんだ。四十五分後、誰かに肩を揺すられて目を覚ました。ジム・ジェソップだった。かすんだ目で彼を見上げた。

「さて、ミセス・レーズン、この件を片づけてしまいましょう。われわれ全員に睡眠が必要ですから」

アガサは体を起こし、まばたきしながら見回した。ジムはタレット刑事と並んで彼女の向かいにすわった。

「テープは準備したか？」ジムは肩越しにトラルにたずね、彼女は眠たげに「はい」と答えた。

驚いたことに、アガサは権利を読み上げられ、弁護士は必要かと、感情のこもらない声でジムにたずねられた。

「いいえ」アガサは言った。「何もしていませんから」

「あなたの毛皮のコートが損害を受けたという報告書がここにある。予備的な供述では、ミセス・ジャドルについては何も言っていませんね。だとすると、どうして真夜中に彼女に会いに行ったんですか？」

アガサの心は揺れた。それから役に立つのは真実だけだと結論を出した。

「朝フランシーのところに行ったと警察に言わなかったのは、地元の魔女に相談したことが恥ずかしかったからです」アガサはスカーフをとり、かがめた頭を前に突きだした。「ある美容師にシャンプーの代わりに脱毛剤を髪にふりかけられたんだけど、なかなか髪の毛が生えてこないように思えたの。ホテルに泊まっているミセス・デイジー・ジョーンズがフランシーを推薦してくれたのよ。わたしは彼女のところに行き、毛生え薬を買った。そのとき彼女がコートについて何度か意見を口にしたの」

「正確に言うと、どう言ったんですか？」

「はっきり覚えてないわ。コートを作るために殺された小さな動物がどうのとかで、そんなものを着るべきじゃないって言った。コートがだいなしにされて、わたしは動揺した。彼女のところに行き、たたき起こして、手や爪の下に赤いペンキがついているかどうか調べようと思ったのよ。コテージのドアを強くノックしたら、ドアが開いたの。二階に上がっていって寝室を探したわ。眠っているところをびっくりさせてやりたかったし、手にペンキがついているかを見たかった。だけど、寝室のドアを開けて明かりをつけたら、彼女はああいうふうになっていたの。まだ生きているかどうか調べるべきだったけど、どうしてもできなくて。それで警察と救急に電話して下に行って待っていた。ねえ」アガサはふだんのエネルギーを取り戻した。「もしわたしが彼女を殺したなら、ただ逃げていたはずでしょ。指紋だってそこらじゅうにつけたままなのよ」

「では、ミセス・ジャドルは毛生え薬を売った。他には？」

「何も」アガサは嘘をつきながら、まだハンドバッグに入っている惚れ薬のことを思った。ホテルの部屋に置いたままにして、警察に発見されなくてよかった。

「では、最初からもう一度お願いします……」

ジムは慎重に数回話を繰り返させた。あきらかにアガサがうっかり口を滑らせるか、別の情報を思い出すかするのを待っているようだった。

アガサは指紋をとられ、ワイカーデンから出ないようにと警告されると、やっと解放された。

パトカーがホテルまでの短い距離を送ってくれた。アガサは部屋まで上がっていくと疲れきってドアを開けた。部屋は混沌状態だった。最初は泥棒に入られたのかと思ったが、そこらじゅうに指紋採取用の粉が散らばっているのだと気づいた。殺人のせいで、鑑識班がすぐに送りこまれてきたのだろう。ドアがノックされた。開けてみると、夜間フロントスタッフが立っていた。

「申し上げるのを忘れていましたが」彼は部屋を見回しながら言った。「警察が毛皮のコートを証拠品として持っていきました。これが受領書です」

「ありがとう」

「殺人事件のことはどうなったんですか？」

「悪いけど、わたしは眠りたいの」アガサは彼の鼻先でドアを閉めた。

あまりにも疲れていてお風呂に入る気力はなかった。メイクを落とすと服を脱ぎベッドにもぐりこんだが、暗闇で今夜の恐怖がまざまざと甦ってくるといけないので明かりはつけたままにしておくことにした。

翌朝早く、アガサは電話の甲高いベルの音で起こされた。〈ハダートン・ガゼット〉の記者からだった。「今は話せないわ」彼女は言うと受話器を置いた。それからフロントに電話して、部屋には一切電話をとりつがないようにと指示してから、もう一度眠りに落ちた。とぎれとぎれに眠っていたが、ときどき誰かがドアをノックしていることにはぼんやりと気づいていた。

正午頃にとうとう起き出して、お風呂に入り服を着たときに、また電話が鳴った。

「電話をとりつがないでと言ったでしょ」彼女は語気を荒らげた。

「ミセス・レーズンですか？　ジェソップ警部です。下にいるので、少しお話ししたいんですが」

アガサは電話を切るとメイクを慎重にチェックし、ブルーのスカーフを頭に巻きつけた。そして一階に行った。

「ラウンジに行きましょう」ジムが言った。「今は誰もいませんから」

「警察の相棒は？　これは社交的な訪問なの？」

「そうではありません」

二人はラウンジに行き、長い窓のそばの大きな肘掛け椅子にすわった。二人の前のコーヒーテーブルにはその日の新聞が広げられていた。「まだ新聞には出ていません」ジムが言った。「時刻が遅かったのでね」

「いつ彼女は亡くなったの？」アガサはたずねた。「だって、他の宿泊者たちがわたしは夕食後は夜中までホテルにいたと証言してくれるはずよ」

「検死報告を待っているところです。死亡時刻を正確に判断するのはとてもむずかしいんです」

「犯人がどうやってわたしの部屋に入って、コートを切り裂いたかわかったの？」

「いいえ。以前の宿泊客かもしれない。今はホテルのスタッフを調べているところです。もちろん、合い鍵もある。毛生え薬について相談した女性がどうしてコートを切り裂いたと思ったんですか？　ひとことふたこと口にした言葉のせいだけで？」

「コートがだいなしにされたことで動揺してしまったの。猛烈に腹が立った。ああ、本当のことを言ったほうがいいわね。わたしが素人探偵だと話したあとのあなたの態度が気に入らなかったのよ。わたしにも犯人が突き止められるってことを見せたかったの」

「まったくいかれてるね」ジムは冷たく言った。「あなたっていう人は誰かを殺したり、自分で自分のコートを切り裂いたりしかねないんじゃないかな。あなたの年頃の女性は自分を素人探偵だと早とちりして、注目を集めるために何かしでかそうとするんだ」

「やっぱり弁護士が必要だわ。この会話の証人がいたら、あなたを訴えるところよ」

アガサは叫んだ。

「妙だということを認めたほうがいい。このワイカーデンでは十二年前に殺人事件があって以来、それっきり一度もなかった。なのに、あなたがやって来たら、たちまちあなたに関連した事件が二件も起きたんだ」

「わたしは変人でもないし、頭がいかれているんでもないわ」アガサは小さな声で言った。「わたしを侮辱するためだけに、ここに来たの？」

　ジムは大きな手で顔を覆った。

「とても疲れていて、どう考えたらいいのかわからないんだ。でも、あなたの言うとおりだ。わたしの言葉は刑事らしくないし、不適切だった」彼は後ろに手を伸ばして壁のベルを鳴らした。「飲み物を頼もう」

「わたしはまだ朝食もとってないのよ」

　支配人のミスター・マーティンがせかせかと現れた。「警部、マスコミが外にいて、お客さまを困らせているんです。帰ってくれるように言ってもらえませんか？」

　ジムは立ち上がった。「わたしがどうにかしましょう。こちらのミセス・レーズンにジントニックを、わたしにはラガーを半パイント持ってきてください」

「こんなことは初めてですよ」ミスター・マーティンは不機嫌そうに言った。彼は赤ら顔できつそうなスーツを着た小太りの男だった。

「わたしだってコートを切り裂かれたのは初めてよ」アガサは憤然として言い返した。

「それで飲み物を持ってきてくれるの、くれないの？」

　支配人は不服そうに肉づきのいい肩を怒らせながら歩み去った。

　窓越しにジムがマスコミ連中と話しているのが見えた。ウェイターが飲み物を運んできた。アガサはふいに警察が見逃していたことに気づいた。彼らはアガサのハンドバッグの中身を検めていなかった。そんなことをされたら、いまいましい惚れ薬が見つかってしまうだろう。ハンドバッグを開けて、小さなボトルをとりだすと、肘掛椅子の隙間に押しこんでおき、あとから回収することにした。しかし、窓からの日の光がジムが注文したラガービールのグラスをきらめかせた。かまわないわよね？　どうせただの砂糖水だろうし、ボトル半分ほどをラガービールに入れた。彼女は誰もいないラウンジを見回すと、もし気持ちが悪くなっても、いい気味だわ。そのときフランシーが五滴と言っていたことを思い出し、心配になってラガーを見つめた。少し黒っぽい色になっている。ボトルは肘掛け椅子の隙間に押しこんだ。

ジムが戻ってきてすわると、グラスを傾けてビールをごくごく飲んだ。「マスコミは追い払えなかった。努力したんだが」

アガサは心配そうに彼を見た。「ラガーの味は大丈夫？」

「そうだね。後味がちょっと変だが、最近は妙な外国製ラガーが入ってきているからね。どこまで話していたっけ？」

「わたしを侮辱していたところよ、自分で自分のコートを切り裂いて、それから出かけていってフランシー・ジャドルを殺したと言ってたでしょ」

「すまない。たしかにそう言った。どうしてあなたにいらついたのか説明させてくれ。

いや、殺したなんて思っていないよ。そこらじゅうに指紋をべたべたつけてから警察に電話するなんてありえない。実を言うと……昔ワイカーデンで起きた殺人事件について、さっき話したよね？」

「ええ」

「悪夢だったんだ。古い漁師小屋で女性がひどく殴られて死んでいるのが発見された。老婦人だ。宝石と財布の中身がなくなっていた。警察は前科のある孫息子が怪しいとにらみ、証拠を固めようとしていた。やつは二人のチンピラたちと町はずれの公営住宅の部屋をシェアしていたが、そこにミス・ビドルという地元に住む五十代の独身女性が首を突っ込んできたんだ。彼女はありとあらゆる探偵小説を読みあさり、自分は地元のミス・マープルだと思いこんでいた。町では孫息子の噂が広まり、みんな絶対に彼のしわざだと言っていた。彼女は一人で孫息子と対決しに行き、彼の犯行だという動かぬ証拠を持っていると嘘をついたんだ。そこで孫息子は彼女を殴り殺した。結局ブライトンで彼を逮捕し、二件の殺人罪で起訴したがね。ミス・ビドルはわたしをよく通りで呼び止めては、いなくなった猫の事件を解決したとか、誰かのなくしたハンドバッグを見つけたとか自慢していたんだ。だから、あなたが埠頭のダンスパーティーで冒険についてしゃべりはじめたとき、なんてこった、またもや探偵気取りの女性がいる、と思ったんだよ」

「ミルセスター警察に問い合わせれば、わたしの話を裏付けてくれるはずよ」アガサは切り口上に言った。

「今朝、ミルセスター警察に電話してウィルクス警部と話したんだが、偉大な探偵だとは保証してくれなかった。彼が言うには、あなたは偶然にあれこれ見つけたんだとか」

「あれだけ助けてあげたのによく言うわ！」アガサは憤慨した。

「ともかく、アガサ」ジムは急に笑いかけてきた。「この件には首を突っ込まないでくれ」

「このろくでもない土地から出ていく許可をもらったらすぐに、ここを発つわ」アガサは言った。ジントニックのグラスをとるとごくりと飲み、身震いした。「この時間から、こんなに強いお酒は飲めないわ」

「もう午後の二時だよ」

「ランチを食べそこなったの」

「じゃあ、何か食べに行こう」

アガサはじっとジムを見つめた。また微笑んでいる。あの惚れ薬はやっぱり効き目があったの？

「部屋に行ってコートをとってくるわ」

部屋に入るとアガサは頭からスカーフをはずし、毛生え薬を禿げの部分にすりこんだ。あの惚れ薬でまたジムが笑いかけてくるようになったのなら、魔女の薬にはやっぱり何か入っているにちがいないわ。それからスカーフをまた頭に巻きつけ、コートを着て下に行った。

「容疑者とつきあうのは避けるべきなんじゃないの？」アガサはたずねた。

「二、三時間非番だし、誰かに見られても、あなたからもっと情報を引きだそうとしていると思われるだろう」

「このホテルの他の住人たちからは聴取したの？」

「午前中に全員から話を聞いたよ」

二人は外に出た。マスコミがわっと取り巻き、アガサが逮捕されるのかどうか知りたがった。

「ノーだ」ジムがそっけなく応じた。「それから、われわれのあとをついてこないでくれ。さもないと、二度と情報を提供しないぞ。ホテルのエントランスからどくんだ。さっき警告しただろう」しかしカメラはアガサの顔を撮影し、テレビカメラがアガサの前に突きだされた。アガサはうつむいてジムの腕をとると、遊歩道を彼といっしょに歩いていった。

ジムは横町の一本に折れると、小さなカフェに案内してくれた。ドアには「禁煙」の掲示が出ている。魔女に煙草をやめられる薬をもらえばよかった。

二人はテーブルについた。アガサは小さなメニューを手にとった。カフェはもっぱら〝軽食〟を出しているようだった。彼女はキッシュとサラダを注文し、ジムはお茶を頼んだ。

「他の住人たちとスクラブルをやっているのかい？」ジムがたずねた。

「ええ、話したでしょ」

「どういう人たち？」

「よく知らないの。フランシーを推薦してくれたのはデイジー・ジョーンズよ。彼女はライチ提督に夢中みたいだけど、彼のほうは知らん顔ね。提督は自分のやり方にとてもこだわるタイプみたい。それからジェニファー・ストッブズとメアリー・ダルシー、それにハリー・ベリー。何について話していたか？　そうね、スクラブル、文字、言葉よ。『お代わりはいかが、アガサ？』以外の個人的なことはまったく話さなかったわ」

「ゲームのあいだに誰かが席を立った?」

「デイジー・ジョーンズはお化粧直しに行ったけど、一階のトイレを使っていた。ライチ提督はバーに飲み物をとりに行った。ハリーも。でも、誰にも後ろ暗い過去はないんじゃないかしら」

「今、それを調査中なんだ。フランシー・ジャドルは予約帳を作っていたが、全員が彼女に相談していたよ」

「まあ!」アガサの目がきらっと光った。

「デイジー・ジョーンズは降霊会に参加して、亡き夫と話したがった。提督は肝臓の問題で。ジェニファー・ストッブズは惚れ薬をもらっていた」

「誰のために? ねえ、彼女は誰に使おうとしたのかしら?」

「友人の代わりに行ったと主張しているけどね。メアリー・ダルシーはいぼで、ハリー・ベリーはリウマチだ」

「みんな、なんてだまされやすいの!」

「あなただってフランシーのところに行ったでしょう」

「わたしも予約帳に載っていた?」

「うん、毛生え薬を出したと」彼女は安堵の吐息をついた。惚れ薬のことは言わなくていいわね。

「だけど、ホテルの住人以外にも数え切れない人々がフランシーのところに行っていたんだ」

「じゃあ、彼女はかなりいい暮らしをしていたんでしょ？」

「ああ、裕福だったと思うよ。遺産がいくらあるのか、弁護士に確認しているところだ」

「家族はどうなの？」

「一人娘のジャニーンがたぶん相続するし、もしかしたらビジネスも継ぐかもしれないな」

「娘が犯人かもしれない」

「それはどうかな。しょっちゅう母親を訪ねていたし、とても仲がよかったらしい」

「結婚しているの？」

「ああ、クリフ・ジャドルというぐうたら男とね」

「ジャドル！　いとこか何かと結婚したってこと？」

「そうらしいよ。ジャドル家はロマなんだ」

「このクリフがフランシーを亡き者にしたってことはあるかしら？」

「どんな可能性だって考えられるよ。ただ、ジャニーンはとてもいばっていて、気の強い女性らしい。クリフが妻の相続するお金めあてに義母を殺したとしても、お金を手に入れられる可能性はないだろうね。ジャニーンが財布のひもをがっちり握っているだろうから」

「彼女の仕事は？」

「母親と同じだが、ハダートンでやっている。母親のビジネスのほうが繁盛していたから、こっちに引っ越してくるかもしれないな。ワイカーデンには老人がたくさん住んでいる。老人はあれこれ病気を抱えているし、迷信深いからね。二度、フランシーの降霊会を手入れしたが、怪しいものは何も見つけられなかった。シーツとか録音テープとか、テーブルの下にもぐって揺すっているやつとか。いつも事前に知らされていたんじゃないかという気がしたよ。情報が漏れていたんじゃないかって」

「だけど、絶対に何か仕掛けがあるはずだわ！」

「ああ、そうにちがいないが、ひとつも見つけられなかったんだ」

アガサのキッシュが運ばれてきた。それを食べてしまってもまだおなかがすいていたので、アガサは並べられているケーキを物欲しそうに眺めた。

「ケーキも食べるかい？」彼女の視線をたどってジムがたずねた。

「そうねえ……」

「わたしもひとつもらおう」

「まあ、それなら……」

チョコレートファッジケーキを注文しながら、おいしいといいけど、とアガサは思った。メニューには「最高のガトーを売っています」とフランス語を使って書かれている。フランス人はこれを見たらどう思うかしら。

そのケーキはおいしかった。

「わたしはまだワイカーデンにいなくちゃいけないの？」アガサはたずねた。

「そう、残念ながら。それから言うのを忘れていたが、部下の刑事のピーター・キャロルがもうじき勤務につくので、あなたに少し質問したいそうだ。食べ終わったら警察署まで送って行くよ」

「あなたは来ないの？」

「二時間ほど寝るために家に帰りたいんだ。そろそろ行こうか？」

ピーター・キャロル刑事は細面の礼儀正しい男で、どうやらその慇懃《いんぎん》無礼な態度の陰に、果てしない質問をする能力を秘めているようだった。アガサは改めてゆうべのできごとを語ったが、いまやすべてが非現実的に思えてきた。取調室には高窓があり、日差しが入ってきた。アガサのすわっているテーブルは傷だらけで無数のコーヒーカップの跡や煙草の焼け焦げがついている。壁はイギリスのお役所ではことのほか好まれている不快なライムグリーン色だった。

アガサはまたもや眠くなってきた。「では、その女性があなたのコートを傷つけたと考えただけで真夜中に起こしに行った理由についておうかがいしましょう。なぜですか？」キャロルがたずねた。

「わたしは素人探偵としてちょっと名前が知られているの」アガサが言うと、キャロルは目の前のファックス用紙に目を走らせ、ちらっと皮肉っぽい笑みを浮かべた。おそらく、首を突っ込んでくるでしゃばり女だと書いてあるウィルクスからのファックスだろう、とアガサは推測した。「ミセス・ジャドルはあのコートを着ていることを批判したので、てっきりコートの事件に関わっていると思ったのよ。突然訪ねたら、手にペンキがついているかもしれないって」

ドアがノックされて開き、タレットの頭がのぞいた。「お知らせしたいことが」

「失礼」キャロルが出ていった。隅でテープレコーダーの前にすわった女性警官はかたくなに前方を見つめている。アガサはあくびを嚙み殺した。ああ、カースリーの自分のコテージで猫たちといっしょに過ごしているほうがよかった。逃げだすなんて馬鹿だったわ。ジェームズはわたしのことを考えているかしら。

カースリーではジェームズ・レイシーがコンピューターのスイッチを切った。なんだか気持ちが落ち着かず、退屈していた。アガサのいないカースリーは生気のない場所だということを認めまいとしたが、もしかしたら自分はまちがっていたのかもしれない。誰も彼女の行き先を知らないようだった。牧師の妻のミセス・ブロクスビーはおそらく知っているのだろうが、誰にも話していなかった。

テレビをつけてお茶の時間のニュースを見ることにした。またもや政治的スキャンダル、またもや道路でのいざこざからの殺人事件。そのときアナウンサーが言った。「ワイカーデンの警察は地元の魔女、ミセス・フランシー・ジャドルが自宅コテージで撲殺された事件について捜査中です。彼女は観光客のアガサ・レーズンによって発見されました」パトカーに乗っているアガサの写真が画面に出た。「グロスターシャーのカースリー村から来たミセス・レーズンは事件を担当しているジム・ジェソップ警部の友人と報告されています」ジムといっしょにホテルを出ていくアガサの映像。遊歩道を腕を組んで歩いていくアガサとジムのロングショット。それからアナウンサーはワイカーデンは静かな海辺の町で、たくさんの引退者が住んでいると説明した。フランシー・ジャドルの近所の人々へのインタビューでは、全員がショックを口にしていた。ジェームズは困惑しながら眺めていた。アガサはワイカーデンについてひとことも口にしたことがなかった。地元警察の警部と友人なら、絶対にそれについて自慢しただろう。

テレビのスイッチを切り、牧師館に歩いていった。ミセス・ブロクスビーが玄関ドアを開けた。「あら、ミスター・レイシー、いらっしゃい。さあ、どうぞ。最近、めったにお会いしなかったですね」

「ずっと忙しかったんです。アガサはどうしたっていうんですか？」

「休暇をとりたい気分だったのよ」

「ついさっきテレビに出ているのを見ましたよ」

ジェームズはアガサとワイカーデンの魔女の殺人事件について話した。

「かわいそうなミセス・レーズン。どこに行っても殺人事件がついてくるみたいね」

「テレビのニュースでは、地元警察の警部と友人だと言ってました」

「ショックでしょうね、気の毒なミセス・レーズン。でも、警部のことはひとことも聞いていないわ」

「でも、どうしてワイカーデンなんですか？」

「居場所がもうわかってしまったから話してもいいわね。ミセス・レーズンはワイカーデンについて何も知らなかったの。ただ目を閉じて地図にピンを刺して決めたのよ」

「どこに行くのか教えてくれてもよかったのに」

「あら、どうして？」ミセス・ブロクスビーは穏やかに反論した。「あなたたちはずいぶん前から交流がないんじゃない？」

「でも隣同士なんですよ！」

「戻ってきたら、きっとすべて話してくれるでしょう。お茶をいかが？」

「いいえ、まずいお茶はけっこうよ」アガサは女性警官に言っているところだった。

太陽はもうとっくに沈んでいた。取調室は寒かった。

ドアが開き、キャロルがまた入ってきた。「あなたのコートを切り裂いた犯人を見つけました」

「誰だったの？」アガサはたずねた。

「あなたがタレットに話した娘です。遊歩道で襲ってきた娘。カーリー・ブルームへッドという名前です。逮捕しました。手にまだ赤いペンキがついていました。彼女の妹がガーデン・ホテルで働いていて手引きしたようです。すでに解雇されましたが」

「ああいう女の子のしわざだったのね」アガサは苦々しげに言った。「訴えることはできるけど、その子に新しいコート代はとうてい払えそうにないわね」

「コートの件は解決できたので、殺人とは無関係だとわかりましたよ」

「あら、そうかしら？　わたしに言わせれば、コートを切り裂ける人間なら誰かの頭を殴りつけることだってできるわ」

「今後の捜査は警察に任せておいてください、ミセス・レーズン。もう帰っていただいてけっこうですが、また警察の質問に応じられるようにしてください」キャロルは女性警官に言った。「ミセス・アガサ・レーズンの取り調べは十八時に終了。テープを切ってくれ、ジョシー。それから二人だけにしてくれないか？」

　女性警官が出ていくと、キャロルは顔を近づけて言った。「ジム・ジェソップはちゃんとした人です」

「たしかにそうね」アガサは堅苦しく応じた。

「警部は奥さんの死で打ちのめされた。あなたのような女性に彼をまた傷つけたり、もてあそんだりしてほしくないんです」

「警察の仕事に集中して、人のプライベートに口出ししないでもらえる?」アガサは立ち上がった。

「わたしは警察の仕事に集中しているので、あなたが夜中の一時に出かけて死体を見つけたことが気にくわないんです」

「わたしを逮捕するつもり?」

「まだです」

「じゃあ、どいてちょうだい」

アガサは足音も荒く取調室を出ていった。急いでホテルに戻りながら、今日は一本も煙草を吸っていないことに気づき愕然とした。ハンドバッグを開けてベンソン&ヘッジスのパッケージをとりだしたが、新鮮な空気を思い切り吸いこんでからハンドバッグに戻した。ついに煙草をやめることができたようだ。

ホテルに戻ると外にマスコミが一人もいなかったのでほっと胸をなでおろした。支配人のミスター・マーティンが彼女を待っていた。

「ちょっとオフィスに来ていただけますか、ミセス・レーズン?」

アガサは彼のあとからロビーのわきにあるオフィスに入っていった。

「ホテルのスタッフが、というか元スタッフがあなたのコートをだいなしにするのに関わっていたことで本当に申し訳なく思っております、ミセス・レーズン。ご滞在の料金は請求しないつもりでおりますので」

「ありがとう。滞在はできるだけ短くするつもりでいるわ」

「ただし、お飲み物代は含まれておりませんが」おずおずと支配人は念を押した。

「覚えておくわ」アガサはそっけなく返事をした。そのとき、ラウンジの肘掛け椅子のクッションに押しこんでおいた惚れ薬のボトルのことを思い出した。すぐにでも取り返してこなくては。「ありがとう」そそくさと言うと部屋から出ていった。

ラウンジではアガサがさっきすわっていた肘掛け椅子で提督が新聞を読んでいた。デイジー・ジョーンズは彼の向かいにすわり編み物をしている。

「何をしているの？」アガサが提督のすわっている肘掛け椅子のわきに手を突っ込むと、デイジーが甲高い声でとがめた。

「薬を忘れたの」アガサは言いながらボトルをとりだしたが、「ちょっとお触りしただけ」と言って、デイジーにショックを与えてやりたくてうずうずした。

「不愉快なことが起きているな」提督が言った。「いつものように今夜もスクラブルをしよう。仲間に入ってくれたまえ」

「ありがとう」

ま、いいわ、とアガサは思った。ワイカーデンでは殺人事件と破壊行為が起きても、スクラブルのゲームは続くのだ。

3

アガサは禿げた部分にさらに毛生え薬をすりこむと、シフォンのスカーフを頭に巻き、ディナーのために一階に下りていった。「こんばんは」と挨拶してから、他の連中から話しかけられないようにペーパーバックを開いて読みはじめた。この連中とはいやでもスクラブルのゲームで顔を合わせるのだ。

食事はローストポークのアップルソース添え、ローストポテトとさまざまな野菜だった。その前にスコットランド風の具だくさんのスープとロールパンとバターが出され、デザートはメレンゲとアイスクリーム。この半分も食べるべきじゃないわ、とアガサは思ったが、ひどい目にあったんだから慰めを求めてもいいわよね、と思い直した。

しかし重い食事のせいで、またもや猛烈に眠くなってきた。だがホテルの他の住人たちについて何かしら探りだそうという野心に駆り立てられ、スクラブルゲームに加わった。

提督のお酒の勧めは断った。メアリー・ダルシーがスクラブルのコマを袋からとりだし、老ハリーは金縁の眼鏡をかけてスコアをつけるためにペンとノートをとりだした。

「晴れてうれしいわ」デイジーが明るく言った。「ああ、ありがとう、提督」これは飲み物のトレイを運んできた提督に向けてだった。

「殺人事件について話し合わないの？」アガサがたずねた。

「でも、スクラブルのゲームをしているんでしょ」ジェニファーが言った。

他のメンバーは慎重にコマを並べていった。「この手だとどうしたらいいかわからないわ」メアリーがぼやいた。

「わたしのコートを切り裂いた犯人が見つかったのよ」アガサは言った。

「知ってるよ」提督は言った。「ミスター・マーティンから聞いた。アガサ、最高点のコマを持ってるね。あなたからだ」

アガサは自分の文字を見た。ボードにかがみこんで、〝HOG（豚）〟と置いた。

「そこにTがあるし、Uともうひとつ Hがあるじゃないの」デイジーが文句を言った。

「〝THOUGH（だが）〟ができるのに」

「手を貸してはいかん」提督が怒鳴った。

デイジーは真っ赤になり、つぶやいた。「ごめんなさい」

アガサはかがみこんでいる老いた頭を唖然としながら見回した。どうして殺人事件のことを話題にしないの？　全員が今朝取り調べを受けたし、たぶんお互いにそのことを話し合ったはずなのに、今はいつものようにスクラブルのことしか考えていないようだ。もしかしたら明日、一人ずつ探りを入れるほうがいいかもしれないわ。

最初のゲームが終わると、アガサは疲れたので早く休むと言って席を立った。

またもや電気をつけたまま眠った。

朝になって朝食に下りていくと、デイジー・ジョーンズに近づいていった。

「ごいっしょしてもいいかしら？」

デイジーは残念そうに提督の方を見たが、彼は〈デイリー・テレグラフ〉のバリケードの陰に隠れていた。「ええ、どうぞ」デイジーはしぶしぶという感じで答えた。

「わたしが気の毒なフランシー・ジャドルを発見したことは知っている？」アガサは切りだした。

「ええ、今朝の新聞に出ていたわ」

「あなたは何のために彼女のところに行ったの?」

デイジーは気まずそうな表情になってから答えた。「フランシーが降霊会を開いたからよ。亡くなった主人と話をさせてくれるって言ったの」

「それで、どうだったの?」

「話せたわ。ヒューの声を聞くのは怖かった」

「トリックはなかった?」

「絶対に何かあったはずよ。でも、そのことは話したくないの」

「だけど——」

「いやなの、それについては本当に話したくない。他人がくちばしを突っ込むことじゃないでしょ」

「ちょっと思ったんだけど」アガサはゆっくりと言った。「彼女はあなたの亡くなったご主人を知っていたのかしらって。つまり、ご主人は生前にあなたといっしょにワイカーデンに来たの?」

「ええ、毎年夏に来ていたわ」デイジーはため息をついた。「だからここで引退生活を送ろうと決めたのよ。幸せな思い出がたくさんあるから。だけど、フランシーはヒューと会ったことはなかった。別のことを話しましょう。あなたと警部はどうなっているの？」

「今週初めて彼と知り合ったのよ。埠頭のダンスパーティーに連れていってくれたわ」

「ダンスパーティーはどうだった？」デイジーがうらやましそうにたずねた。「昔どおりだったのかしら？」

「たぶんそうなんじゃない」

「ヒューといっしょによくダンスに行ったものよ。提督に連れていってもらおうとしたけど、そんな馬鹿騒ぎをしている暇はないって言われたわ」

デイジーがあまりに悲しそうだったので、アガサは思わずこう口にしていた。

「よかったらいつでもつきあうわよ。二人で行きましょう」

「まあ、ご親切に」

「当分ここに足止めされそうだから、どっちみち」

デイジーは意外にも若々しい笑い声をあげた。「スクラブルのゲームにわたしがいなかったら、みんな、どうするかしらね」

二人は和気藹々《あいあい》と朝食をとった。

「わたしは散歩に行ってくるわ」アガサは言った。

「いつダンスに行く?」デイジーが意気込んでたずねた。「今夜もダンスパーティーがあるわよ」

「じゃあ、行ってもいいわね」アガサはそう答えたものの、すでに誘ったことを後悔しはじめていた。

アガサはコートをとりに部屋に戻った。出かける前に髪を洗ってブローし、さらに毛生え薬をすりこんでおくことにした。髪をシャンプーしてから頭皮を調べた。禿げた部分に細くてふわふわした新しい毛が生えてきている。奇跡だわ。カースリーに戻ったら、この毛生え薬の成分を調べてもらって、本当に効くならひと儲けできるかもしれない。

気分が高揚して、きれいなシフォンのスカーフをトルコ風ターバンのように頭に巻くと、コートを着てホテルから出た。とても寒くて風の強い日だったが、散歩をして、カースリーにはほっそりしたアガサになって帰ろうと決心していた。以前行ったのとは反対に、西ではなく東の方に歩きだした。波が高く、ときどき大きな波が防波堤を越えて打ち寄せてくるので、壁から離れて歩いていった。カモメの甲高い鳴き声と波の砕ける音が耳を聾《ろう》するばかりだ。遊歩道のはずれまで来ると、回れ右をして西に向かいホテルを通り過ぎた。町の中心部まで来ると、優雅なブティックを発見した。ウインドウには黒のシルクシフォンのミニドレスが飾られていた。襟ぐりが深く、細いストラップがついている。冬のワイカーデンではちょっと寒いかも、と思ったが、自分はまだすべすべした肩と見事な胸をしている。試着してみてもいいかもしれない。

二十分後、ドレスの入った袋を手に店から出てきた。埠頭のダンスパーティーにはおしゃれすぎるかもしれないが、ジェームズ・レイシーとのキャンドルを灯したディナーなら……。

いつのまにか最初にジムと出会ったパブに足が向いていた。ちょうどランチタイムだったので、彼も来ているかもしれない。

パブのドアを押し開け、中に入っていった。

ジムはいなかった。テーブルに二人のビジネスマン、別のテーブルに不倫関係のカップル、バーに三人の若者。

バーに行くとジントニックを注文した。財布を出して払おうとすると、背後で誰かがバーテンダーに言った。

「わたしが払うよ、チャーリー。それとわたしには半パイントのラガーを」すばやく振り向くと、ジムがにこにこしながらこちらを見下ろしていた。

「ごちそうさま」アガサは言った。「捜査はどんな状況？」

彼が飲み物の代金を払い、二人はテーブルにすわった。「盗みが動機のようだね」ジムは言った。

「まあ」アガサはがっかりした。ガーデン・ホテルの住人の一人が犯人で、自分がそれを解決するという夢を抱いていたのだ。

「娘のジャニーンは、母親が南京錠つきの金庫に多額の現金をしまっていたと話している。金庫は今朝海辺に捨てられているのが見つかったが、中は空だった」

「こじ開けたの?」

「いや。鍵もなくなっていた。ジャニーンの話だと、車のキーといっしょに金庫の鍵も保管していたそうだ」

「じゃあ、ただの泥棒じゃないわよ。つまり通りをうろついているただのチンピラじゃないってこと。彼女がお金を保管している場所を知っていた人間のしわざだわ」

「そのようだな」

「彼女を殴った凶器は?」

「火かき棒とか鉄パイプとかボトルみたいなものだ。鑑識がまだ調査中だ。買い物をしていたのかい?」

「町のブティックですてきなドレスを見つけたの。でも今夜には上等すぎるけど」

「今夜何があるんだい？」

「ホテルに住んでいるデイジー・ジョーンズと埠頭のダンスパーティーに行くつもりなの」

「それはいいね」

「行くって言わなければよかったと早くも後悔しているところ」アガサはむっつりと言った。

「犯人がホテルの住人の誰かの犯行だという可能性はまだ完全に捨ててはいないんだ。まずありそうもないが」

「提督なら犯人像にぴったりだと思うわ」アガサは言った。「考えてみたら、ハリーを除いて、全員が犯人にあてはまるわよ」

「彼らとフランシー・ジャドルについて何かわかったかい？」

「今のところデイジーから話を聞いただけ。亡くなったご主人と話をするためにフランシーのところに行ったそうよ」アガサは興奮に目をきらめかせて体を乗りだした。

「ひとつおかしなことがあるの。降霊会で聞いた声は亡くなったご主人、ヒューの声そっくりだったと言っていたんだけど、フランシーはヒューに会ったことがなかったのよ」

「いや、あるんだ。フランシーは予約帳にすべてを記入していて保管してあった。警察ではそれを調べたんだよ。ヒュー・ジョーンズも彼女に会いに行っていた」

「何のために？」

「EDの相談だ」

「それならフランシーは彼がどういう声をしているか知っていたわね！」

「フランシーは絶対に物真似の天才にちがいないな」

「だけど男性の声なのよ！」

「共犯者がいた可能性があるんだよ。今夜、〈クライムウォッチ〉に出演して、彼女に相談したことがある人たちに名乗りでるように呼びかけるつもりでいる」

「ハリーはどうして彼女のところに行ったの？　ああ、リウマチって言ってたわね」

「彼も亡くなった奥さんと話したがったんだ」

「残酷な商売よね、そういうふうに人をだますなんて」

「いや、信じている人はたくさんいる。死者のことがどうしても忘れられないんだよ」

「あなたも奥さまと話したいと感じたことがある？」

「いや、ごらんのとおり、とても家内を恋しく思っているが、降霊会は信じていないよ。わたしの経験から言うと、人は嘆き悲しんで乗り越えていくしかないんだ。さもないと頭がおかしくなりかねない。昔ながらのアイルランドの通夜（埋葬前夜に集まり死者の思い出を語りながら飲み明かす）については一理あると思うよ」

「今夜はダンスに来られない、ジム？」

ジムは疲れたように顔をなでた。「捜査に全力を注いでいるんでね。やっとここに来る時間がとれたんだよ――」彼はかすかに顔を赤らめた。「ちょっと、息抜きにね。そろそろ行かないと」

あの惚れ薬には効果があったにちがいないわ、とアガサは思った。アガサに会えるかもしれないという期待でパブに来たのだと言いたかったのだろう。

「送っていくわ」

「それはやめておいたほうがいいだろう」ジムはぎこちなく言った。「あなたはまだ容疑者だし、われわれがテレビに映ったのを見たハダートンの捜査官からこっぴどく叱られたんだ。連中はあなたの過去をあれこれほじくり返しているんだよ、アガサ。ご主人が殺されたこととかね」

「まあ、ひどい」

「あなたが結婚を考えていたレイシーっていう男は何者なんだい？」

「もうどうでもいい人よ。つまり、うまくいかなかったってこと」

「まだ彼に気持ちがあるんじゃないのかい？」

アガサはテーブルに視線を落とした。「いいえ」

「よかった」ジムはアガサの手を軽くたたいた。

アガサは彼が帰ってしまったあと、口元をゆるめながらすわっていた。彼のひきしまった白い肌はすてきだったし、眠たげなまぶたや長身の姿もよかった。警察官と結婚するってどんな感じかしら？　二人の結婚式を想像してみたが、ジェームズ・レイシーが花嫁にダンスを申し込み、ずっと愛していたと告白する場面まで来て、はっと我に返った。もはやどうしようもなくなってから愛していると告げるとは、いかにもジェームズらしかった。

パブを出て新聞を何紙か買い、ジムとランチをとったカフェに行った。ホテルに戻ってまたボリュームたっぷりの食事をしたくなかったのだ。

すわって新聞を読んだ。二紙の一面にはジャニーン・ジャドルの写真が載っていた。インタビューに、ワイカーデンに越してきて母親の仕事を継ぎ、人々を助けたいと述べている。そして死者の霊を呼びだして、かわいそうな母を殺した犯人を教えてもらうと。ジャニーンはいかつい顔をしたブロンドだった。写真の彼女の横には、髪を短く刈った軽薄そうな男がいた。夫だ。この男ならやりかねないわ、とアガサは思った。財布のひもはジャニーンが握っているかもしれないが、現金がしまってある場所は娘婿ならよく知っていたはずだ。

ジャニーンはいつからワイカーデンで仕事を始めるのだろう。

さらに長い散歩をしてからホテルに戻った。ラウンジに行って話を聞きだせそうな住人がいるかどうか見てこようかと思ったが、ふいにとてつもない疲労感に襲われた。彼らに会うのは後回しにしよう。

赤いサテンのブラウスと長いイブニングスカートでディナーに下りていった。あの黒のミニドレスも着てみたが、こんな華やかな装いはワイカーデンではもったいない気がしてやめておくことにした。

デイジーはシークインがちりばめられたピンクのイブニングドレス姿でまばゆく輝いていた。こういうドレスを最後に見たのはいつだったかしら？　五〇年代だ。しかし、他の人々の姿を見て仰天した。ハリーはグリーンがかった黒っぽいイブニングスーツ、提督はイブニングスーツにブラックタイだ。ジェニファーは黒いベルベットのパンツスーツ、メアリーはストラップのないグリーンのシルクドレスを着て、皺だらけの肌をあらわにしている。

「全員が行くことになったの」デイジーが叫んだ。「楽しそうじゃない?」

やれやれ、ありがたいこと、とアガサは苦々しく思った。皺だらけの老人たちと夜の外出とは。老人とつきあうと、こういうところが最悪ね。もう自分は若くて魅力的だというふりができなくなる。ちょっと待ってよ。わたしは五十代よ。デイジーはたぶん六十代半ば。メアリーとジェニファーも同じぐらい。提督はそうね、七十ぐらいかしら。ハリーはあきらかに七十過ぎだわ。最近は時がたつのが早いから、わたしもじきに彼らの仲間入りをするんでしょうね。悲劇なのは、いまだに気持ちは二十五歳だってこと。

しかしディナーがすんで冷たい夜気の中に出ていくと、アガサはわくわくしてきた。全員が興奮しているティーンエイジャーみたいだった。もっとも、閉まっている商店やゲームセンターのわきを通り過ぎて埠頭を歩いていき、今日がディスコナイトだと宣伝するポスターの前まで来たときには、気持ちもしぼんでいた。若い人々がすでにダンスホールめざして埠頭をぞろぞろ歩いている。

「あらまあ」デイジーが小さな声で言った。「一杯飲みながら見物していたほうがよさそうね。本当はダンスがしたかったけど」

彼らはコートを預けてホールに入っていくと、ダンスフロアのテーブルを囲んだ。提督が飲み物の注文をとりバーに行った。

「不作法な人たちばかりね」ジェニファーが文句を言った。彼女、どうして髭を剃らないのかしら、とアガサはいらいらと思った。ブラウスに合わせた赤いスカーフの下に髪の毛をたくしこんでいるせいで、まるっきり浮かれ気分になれない。スカーフはトルコのターバンのように巻いてみたが、それでも冴えないおばさんみたいな気がした。提督が飲み物をのせたトレイを手に戻ってきた。

「ここに来て失敗だったかしら」メアリーがささやいた。「自分の声も聞こえないぐらい騒々しいわね」

若者のグループがフロアの反対側でにやにや笑いながらこちらを見ている。革ジャケットにジーンズの長身の青年がグループから離れてアガサたちのテーブルに歩み寄ってきた。ちらっと振り向いて友人たちにウィンクしてから、アガサに声をかけた。

「踊っていただけますか、スイートハート?」

何よ、今から老けこむつもりはないわよ、とアガサは憤然としながら思った。

「いいわよ」アガサはフロアに上がっていった。

アガサはディスコダンスが得意だった。黒のロングスカートの脇に入った深いスリットがダンスに合わせて開き、アガサ・レーズンはすばらしい脚の持ち主だということを見せつけた。アガサはビートのきいたジャングル・ミュージックに合わせて踊るうちに、この青年がほんの冗談で誘ってきたことを忘れてしまった。しかし、青年はすばらしくダンスが上手だった。アガサは人々がはやしたて、二人の周囲を空けたことにぼんやりと気づいた。

ダンスが終わると、アガサは顔を紅潮させてテーブルに戻ってきた。

「どうやったらあんなふうに踊れるんだろう」提督が感嘆した。

「あら、教えてあげますよ」アガサはふざけて言ったが、提督がその誘いに乗るとはまったく思っていなかった。

「それは光栄だ」提督はていねいに言った。

提督が両手を振り回し、脚をやたらに蹴りだしながら踊りはじめると、アガサはジェームズのことを思い出した。ジェームズもこういうふうに踊るのだ。提督の肩越しにちらっと見ると、驚いたことにデイジーとハリーもダンスに加わっていて、さらにメアリーとジェニファーまで踊っていることに気づいてうれしくなった。

その後、さまざまな若者がダンスを申し込んできた。アガサたちはもう邪魔者ではなかった。楽しい相手だと思われていた。鼻ピアスやスパイクヘアでぎょっとする服装をした若い人々も、つきあってみればたいていい感じのいいまともな人間だということがわかって驚かされた。

一行はラストダンスまで踊り続けていた。「いやあ、よかった」提督が波止場を歩きながら言った。「こんなに楽しかったのは何十年かぶりだよ」

すっかり興奮して、老ハリーは波止場でダンスステップを踏んでいる。デイジーはアガサの腕をつかんだ。「戻ったら、二人だけでこっそり話せない？」

「いいわよ」アガサは答えながら、あくびをこらえた。「でも、短時間にして。くたくたなの。わたしの部屋に来てちょうだい」

アガサの部屋に来ると、デイジーは訴えるようなまなざしを向けた。「今夜、あなたがうらやましかったわ、アガサ」

「あら、どうして？」アガサはターバンをとり、禿げた部分を上目遣いに見た。ありがたいことに毛が生えてきている。

「だって、提督があなたにとても関心を向けていたから」

「あなた、提督が好きなの？」

「ええ、とても」

「だけど、わたしにどうしろって言うの？　彼はわたしに気があるわけじゃない。それはまちがいないわ。ただ、ちょっと楽しく過ごしたかっただけよ」

「わたしの服はとても流行遅れだわ。今夜それに気づいたの。それに髪型も。明日、いっしょに買い物に行って変身させてもらえないかしら」

「喜んで。朝食をすませたら出かけましょう。楽しそうね」

たしかに楽しいだろう、と意外にもアガサは思った。彼女はPR会社を経営して成功し、早めに引退したが、そもそも担当した相手のイメージを改善することが、彼女の仕事だったのだ。今、再び人生に彩りと意味が与えられた気がした。しかも、なんと今日は一本も煙草を吸っていない。ハンドバッグからパックを出して封を開けると、すべての煙草を折ってくずかごに捨てた。


朝食をすませると、メアリーとジェニファーも買い物ツアーに参加したいと言いだした。アガサは彼女たちを引き連れてラウンジに向かった。「まず計画を立てたほうがいいわ」アガサは言った。「みんな、その気でいるのね？」

全員がうなずいた。「ええと、まずヘアスタイルが古くさいわ。幸い、全員が丈夫で健康な髪をしているからカラーリングできそうね。いい美容師のところに連れていって、髪をスタイリングしてもらう必要があるわ。それから、エステ。顔と肌は重要よ」

「皺はどうしようもないでしょ」ジェニファーが言った。

「あら、どうにかできるわよ」アガサは言った。「フェイスリフトのことを言ってるんじゃないわよ。いい美容師を知らない？　まだ行ったことのない美容師で」

「みんな、ハイストリートの〈サリーズ〉しか行ったことがないわ」

「支配人に訊いてみるわ」アガサはオフィスに入っていった。ミスター・マーティンは彼女の要望を聞くと、こう言った。「ワイカーデンには引退したご夫婦がいます。ご主人は美容師で、奥さんはエステティシャンでした。今でも個人的に仕事をしていますよ」

「大丈夫かしら……」アガサは疑わしげに言った。

「彼はボンド・ストリートにいたジェロームですよ」

「あらまあ、昔、わたしはジェロームのところに通っていたのよ。とても上手だった。彼の電話番号を教えてもらえる？」

番号を手に入れると、さっそく電話をした。ジェロームはアガサから連絡をもらって大喜びだった。彼女は女性たちを連れていき、夫婦で仕事をしてくれることになった。

イメージアップキャンペーンに熱中していて、アガサはすっかり殺人事件のことを忘れてしまった。午前が終わる頃には、デイジーの髪はつやつやしたハニーブロンドになり、皺はコラーゲントリートメントで伸ばされていた。ジェニファーの髪は短いおしゃれなボブにカットされ、口髭も剃られ眉も整えてあった。メアリーはやわらかなカールでかわいらしくセットされ、顔も前より皺が目立たなくなっていた。

楽しげにしゃべりながらそろって遊歩道沿いのレストランでランチをとってから、アガサは彼女たちを連れてあちこちの店に行った。

「みなさん、あれこれ買うだけの予算があるといいんだけど」アガサは申し訳なさそうに言った。

全員が大丈夫だと請け合った。ふと殺人事件のことが頭をよぎった。他の人がクレジットカードを使っているのに、ジェニファーは札束でふくらんだ財布から買い物代を支払っていた。それにジェニファーは力のある女性だ。さらに殺人事件のことを考えていると、猛烈に煙草を吸いたくなってきた。「だめよ、ピンクは、デイジー」アガサはデイジーがブラウスを体にあてがっているのを見て注意した。「ブルーがいいわ。それにブラのサイズを変えないとだめね」

「このブラのどこがいけないの？」

「きつすぎるのよ。はみだしちゃいけないところにお肉がはみだしているわ」

わたしは煙草をやめたわけじゃないわ、とアガサはひとりごちた。どちらかと言えば、煙草がわたしを避けたのよ。誓約書にサインしたわけじゃない。一服できたら最高でしょうね。とにかく、あとで吸おう。

「なんだかスクラブルがちょっと退屈に思えてきたわ」ジェニファーが独特の太い声で言った。「でも、今夜はスクラブルしかやることがないでしょうね」

だがホテルに帰ってみると、提督が独断でギルバート・アンド・サリヴァンの『ミカド』の席を全員分買って、早めにディナーをとる手配をしていたことがわかった。まるで女子寄宿舎ね、とアガサはデイジーとメアリーとジェニファーが何を着たらいいかと部屋に相談に来るとおかしくなった。

全員いっしょに階下に行った。「これは驚いた、ご婦人方、若返りましたな」老ハリーが目を輝かせた。

「そのブルーのスーツは似合ってるよ、デイジー」提督が言った。「それに髪型もかわいいね」デイジーは目を輝かせながら、ぎゅっとアガサの手を握りしめた。

劇場は漆喰に金箔を貼った天使たちと大きなシャンデリアで飾られた古めかしい建物だった。

大きなチョコレートの箱を持ってきた提督はそれをみんなに回したので、味の説明を読もうとして、次々に眼鏡がとりだされた。

アガサはこれまでギルバート・アンド・サリヴァンのオペレッタを観たことがなかったので、芸術家気取りのつまらない劇かもしれないと思っていたが、序曲からすっかりのめりこんだ。その夜つかのまだったが、子どものような気持ちになった。実際に子どものころにそういう楽しみを経験したことはなかったが。純粋な喜びを味わうというのは、アガサにとって新しい経験だったのだ。アガサにとって喜びというものは常にほろ苦かったし、長く続きっこないわ、といつも頭のどこかで感じていた。しかし、その夜は白昼夢と温もりと安心感が永遠に続く気がした。

公演後にぞろぞろと外に出てくると、提督がデイジーにこう言っているのが聞こえた。「死刑執行大臣はもう少し上手に演じられたかもしれんな」だが、アガサにはどこが悪かったのかさっぱりわからなかった。

みんなで近所のパブに一杯やりに行った。提督は軍隊でのギルバート・アンド・サリヴァンの公演について滑稽な話を披露した。ジェニファーは『ペンザンスの海賊』

でバターカップを演じたときにせりふをすっかり忘れてしまったので、勝手にでっちあげようとしたと話した。

アガサはベッドに入ろうと服を脱いだときに、おかしなことに誰一人殺人事件の話題を持ちださなかったし、興味を示さなかった、と気づいた。礼儀に欠けると思ったのかもしれない。あるいは年老いた脳ではすでに何もかも忘れてしまったのかもしれない。

しかし翌週、新しくできた友人たちと外出したとき、アガサは自分もフランシーを殺した犯人を見つけることにあまり関心がなくなっていることに気づいた。それに犯人は娘婿で、警察は鑑識の助けを借りて彼をもうじき逮捕するにちがいないと思っていたからでもあった。しかも、ジムは一度も電話をくれなかった。

ジェームズ・レイシーはミルセスターで買い物をしていたときに、ビル・ウォン部長刑事とばったり会った。ビルは小太りになっていたので、まちがいなく現在は彼女がいないようだった。ビルは女の子とつきあうと、いつも少しやせるのだ。

「アガサはまた殺人事件に関係しているようですね」ビルは言った。「彼女から連絡がありましたか？」

「いいや」ジェームズは言った。「きみは？」

「まるっきり。協力してくれと電話をかけてくるだろうと思っていたんですが。向こうに会いに行ってみたらどうですか？」

「無理なんだ。また海外に行く予定だしね。友人たちがギリシャに別荘を持っていて招待してくれたんだ」

かわいそうなアガサ、とビルは思った。ジェームズは熱烈な恋人とはとうてい言えない。

警察署に戻ると、准男爵のサー・チャールズ・フレイスから電話があった。「アギーは何を企んでいるんだ？」チャールズは質問した。

「ぼくは新聞で読んだことしか知りません」ビルは言った。「それからワイカーデンの警察は彼女の経歴について調べているらしいですよ」

「アギーと話すことがあったら、わたしがよろしく言っていたと伝えておいてくれ」

「向こうに会いに行ったらどうです？」

「狩りの季節なんだ。屋敷で大きなパーティーもあるし。抜けられないんだよ」

かわいそうなアガサ、とビルはまた思った。寂しがっていないといいんだが。

フランシーが殺されてから十日後、きびきびと埠頭沿いに歩いているときに、アガサは前方に長身でスリムな提督の姿を見つけ、足を速めて追いついた。

「気持ちのいい朝ですね」アガサは声をかけた。真冬にしてはとても穏やかな日だった。海と空が漂白されて色がすっかり抜けてしまい、あたり一面が白っぽい灰色に見える。カモメすら沈黙していた。

「おはよう、アガサ」提督は言った。「みんな、今夜はダンスに行くのかな？　よりわれわれのスタイルに近いようだよ」

提督は「懐かしのダンス」というポスターを指さした。

「ええ、みんな、あなたの目を奪おうとして、新しいドレスを買ったのよ。ところで提督、どうして誰もあのぞっとする殺人事件のことを口にしないんですか？」

「話題にするようなことじゃないだろう。いやなできごとだ。忘れるのがいちばんだよ」

「あなたもフランシーのところにいらしたんでしょう？」

「肝臓の調子が悪いのに、かかりつけのへぼ医者はろくな診断をしなかったんだ。酒をやめろと言うばかりでね。それだったら死んだほうがましだよ。それでフランシーのところに行った。粉薬を調合してくれて、それっきり不調から解放されたよ」

提督はさほどお酒を飲まないので、たぶん健康悪化への恐怖から酒量が減ったのだろう、とアガサは想像した。不調がなくなったのは、フランシーの粉薬のおかげというよりそのせいにちがいない。

「彼女のことをどう思いました？　フランシーのことですけど」アガサはたずねた。

「ちゃんとしていたよ。もっとでたらめな人間だと予想していたが、理屈の通じる女性に思えた。さっそく娘が引っ越してきて、こんなにすぐに母親のビジネスを継いだのには驚いたよ」

「引っ越してきたんですか？」

「ああ、今朝の地元の新聞に小さな広告が載っていた」

アガサの探偵としての好奇心がまたもや頭をもたげた。「妙ですね」

「妙だとは思わない。ただし悪趣味ではあるな。母親の死を利用して儲けようとしているんだから」

「彼女のところに行く人がいるかしら」アガサは考えこんだ。

「行くに決まってるよ。フランシーのビジネスについても地元の新聞にちょっと出ていた。古くからのハーブの薬はかなり効き目があったとね」

「それを利用していたの？　ハーブを？」

「あるいは大麻とか」

「大麻ですって？」

「大麻だ。ハシシ。もう亡くなったが、以前、ガーデン・ホテルにある女性が住んでいた。彼女は鬱《うつ》の症状があったので、フランシーのところに行ったら何かを渡された。でまあ、何だか知らんがフランシーの渡したものを飲んでから、よく笑い、くだらないことばかり言うようになった。わたしは大麻をやった人間がどうなるか見たことがあったから、フランシーはハシシ入りのものを渡したのだと気づいたんだ」

「通報しなかったの？」

「老婦人は末期癌だったんだ。その薬のせいで幸せに過ごしていたから、放っておいたよ」

「それでも、ご自分も彼女のところに行ったんですね」

「総合的に見て、ちゃんとしていると思えたからね。メアリーはいぼだらけになったが、治してもらえたしな。わたしは一度高血圧になって、あらゆるものに腹が立った――警察、今時の若者、片っ端からね。そこでダイエットして、何も気にしないようにしようと決めた。何にも首を突っ込まず、ただ自分のことだけを考えていようと。

効果てきめんだったよ。だからこの殺人事件も放置しているんだ」

「デイジーのご主人とは知り合いでした？」

「一度会ったことがあるよ。陰気なタイプの男だった」

「彼は何で亡くなったの？」

「肺癌だ。一日に煙草を六十本吸っていたからな」

ずっと煙草を吸いたいという欲求と闘っていたアガサは、急にどうしても一本吸いたくなった。煙草の恐ろしい害について聞いたとたんに、吸いたいという強烈な欲求が突き上げてくるのは不思議だ。おそらく煙草会社がパッケージに陰気な警告を平気で印刷するのはそのせいだろう。あらゆる中毒の中心にあるもの、つまり死の願望について熟知しているのだ。

「ご婦人方の外見にすばらしい手腕を発揮したね」提督はアガサと並んで歩きながら言った。彼は話題を変えられてうれしそうだった。「デイジーはとてもきれいだ」

「再婚は考えないんですか？」アガサはからかった。

「わたしが？　まさか、とんでもない！　一度で充分だ」

「幸せじゃなかったの？」

「あの連中は魚をつかまえたのかな？」提督は埠頭のはずれで釣りをしている男たち

の方に杖を振った。じゃあ、結婚の話題はこれでおしまいなのね。

引き返してホテルへ歩きだしたとき、アガサがつまずくと、提督は腕をとってくれた。

「わたしにつかまっていたほうがいい。今夜の前に足首をねんざしたくないだろう。フラットシューズをはくべきだよ」

「ヒールがある靴のほうが好きなのよ」ホテルの方に目をやった。ひとつの窓で何かがきらっと光った。双眼鏡かもしれない。誰の部屋かしら。

暖かいホテルの中に入っていき、厚い絨毯が敷かれ厚いカーテンと分厚い壁のあるヴィクトリア時代のガーデン・ホテルの静けさに出迎えられると、アガサはまたもや居心地の悪さを感じた。部屋に入るとスカーフを頭からはずした。禿げた場所を覆うほどの毛はまだ生えていなかった。毛生え薬のボトルを振ってみる。もう少ししか残っていない。

出かけていってそのジャニーンとやらに会い、どんな人か確かめて、母親の毛生え薬を持っているかどうかたずねてみよう。一石二鳥だわ。ジャニーンがもう薬を持っていなくて、最後に残った分を分析に回さなくてはならないことを考えると、全部使ってしまいたくなかった。

アガサは出ていくときにダイニングルームに寄って、ランチはとらないとみんなに伝えた。スカートのウエストが何カ月がぶりにゆるくなって快適だったので、ホテルのボリュームたっぷりのランチでせっかくのスタイルをだいなしにしたくなかった。

「どこに行くの？」メアリーがたずねた。

「フランシー・ジャドルの娘さんに会いにいくの」

全員がアガサを見つめた。「どうして？」ジェニファーがたずねた。

「髪の毛のせいよ。ほら、禿げができているでしょ。フランシーが毛生え薬をくれたんだけど、とてもよく効いたの。母親の薬が残っているか訊いてこようと思って」

アガサは背中を向けると肩越しに言った。「娘もすごい魔女なら、死者の霊を呼びだして、誰が母親を殺したのか教えてくれるかもしれないわね」

背後が急にしんと静まり返った。だが、アガサは外に出ていった。たぶん、彼らは死んだ女性の娘を訪問するのは不作法だと思ったのだろう。

4

アガサは期待に胸をふくらませながら、遊歩道をパートンズ・レーンめざして歩いていった。

コテージに着くと、不機嫌な顔つきの青年がドアを開けた。

「予約はしていますか？」彼はたずねた。

「いいえ」

「では、また来ていただかないと。いちばん早くて空いているのは今日の二時です」

「名前を書き留めてちょうだい」アガサは言った。「アガサ・レーズン」

「大丈夫です」

「忘れない？」

「ええ」

さて、とりあえず待つしかないわね。最初にジムと会ったパブに行った。意外にも半分空になったラガーのグラスを前にジムがテーブルにすわっていたので、アガサはうれしくなった。

「アガサ！」彼は立ち上がった。「すわって、何かとってくるよ。いつものでいい？」

「ありがとう、ジム」

ジムは彼女の飲み物を持って戻ってきた。「調子はどうだい？」彼はたずねた。

「ホテルの住人たちとあちこち出かけていたの。今夜はダンスに行く予定よ。犯行時刻はわかった？」

「正確にはわからない。夕食はとっていなかった。ランチ以降に何も食べた形跡がなかったんだ。法医学者は午後五時から六時のあいだだと考えている。死後硬直とかそういったものからね」

「まあ、だとすると、ホテルの住人の犯行の可能性もあるわね。近所の人が誰か出入りするのを絶対に見ているんじゃない？」

「そこがやっかいでね。両側も道路の向かいも週末用コテージなんだ。おまけに四軒先の唯一の永住者はほとんど目が見えないんだよ」

「それにしても、何者かがお金の入った金庫を運びだして中身を空にして、それを防波堤から捨てたんなら、目立つんじゃないかしら？」

「そうでもないよ。夕方の六時にワイカーデンを歩いたことがあるかい？　殺人にはうってつけの時刻だ。どの店もオフィスも閉まっていて、みんな家でお茶を飲んでいる。このあたりではいまだに庶民はお茶ですませるんだ。夜のディナーをとるのはごく上流の人間だけだよ。殺人犯はお金をコートのポケットに詰めこんで、空の金庫だけを捨てたんだろう。満潮だったから、海がすぐそこまで迫っていたしね」

「でも予約帳がある。六時に予約していた人はいなかったの？」

「いつも最後の予約は四時半だった。殺された日の最後の予約はミセス・ダーウェントという人で、喘息のある小さな男の子を連れてきていた」

「凶器については？　金庫といっしょに埠頭から捨てられたんじゃない？」

「かもしれない。でも、引き潮のときに打ち上げられるものはどれも凶器として使えるものばかりだ。空瓶、鉄の棒、材木。海は荒れていたし、砂利で証拠は流されてしまっただろう」

「で、誰かに目をつけているの？」

「われわれはジャニーンの夫を疑ったんだ、クリフを。しかし、彼には鉄壁のアリバイがあった。午後早くから夜までハダートンのボーリング場でボーリングをしていたんだよ。たくさんの目撃者がいる」

「残念」

「まったく残念だ。でも心配しないで、アガサ。少なくともホテルのお仲間の容疑は晴れているから」

「どうして？」

「若い男が犯人だよ。それはまちがいないと思う。フランシーの命を奪ったのは、頭部を力いっぱい殴りつけた一撃だからね」

「でも、みんなかなり元気よ。特にジェニファー・ストップズなんてまだまだ力がありそうだわ」

「たいていの場合、犯人はあるタイプにあてはまる。ホテルの住人たちは現金を必要としない裕福な人々だ。ガーデン・ホテルの宿泊代を何年も払い続けるには莫大なお金が必要だ。おや、髪の毛が生えてきたんだね。とてもすてきだ」

「フランシーからもらった毛生え薬のせいかしら」

「どっちみち生えたと思うよ。さて、そろそろ行かなくては」

「今夜みんなで埠頭のダンスパーティーに行くのよ」アガサは期待をこめて言った。

「時間がとれたら、ちょっと顔を出すよ。でも、誰が殺人を犯したのかあれこれ考えて時間をむだにしないほうがいい。はっきり言って、あらゆる可能性があるからね。

彼女には長年にわたって数え切れないほどのクライアントがいたから、そのうちの一人が金庫にお金をしまっているのを見て、それを家でしゃべったのかもしれない。それを聞いた息子が仲間に話して、そいつが犯行に及んだってこともありうる。もしかしたら未解決のまま終わるんじゃないかという嫌な予感がするよ」


アガサはパートンズ・レーンまで戻っていった。さっきの青年がドアを開けた。

「あなた、クリフですか？　ジャニーンのご主人の？」アガサはたずねた。

「そうです」彼はアガサをリビングに案内した。「ここでお待ちください」

ジャニーンが入ってきた。染めたブロンドの髪を頭のてっぺんでまとめている。淡いブルーの瞳は白い睫《まつげ》に縁取られ、細くて長い鼻と角張った顎は八〇年代のハリウッド女優のあいだでは美しいとみなされていたものだ。

「どういうご用件ですか？」ジャニーンは笑みを浮かべてたずねた。だが冷たい値踏みするような目は笑っていなかった。アガサはジャニーンが身につけているすべてのものが高価だということに気づいた。

「お母さまが――痛ましい死に心からお悔やみ申し上げます――毛生え薬を売ってくださったんです。手元に残っているものがないかと思って」

「いいえ、残念ですけど。大量に捨てたんです。わたしは薬をあまり扱わない主義なんです。降霊会、手相、タロット、そういったものをするんです。手相を見てさしあげましょうか？」

「おいくらですか？」

「十ポンドです」

法外な値段だわ、とアガサは思ったが、ジャニーンにとりいって情報を手に入れたかった。

「お願い」

「両手を出してください」

アガサは両手を差しだした。「強い性格ですね」ジャニーンは言った。「我が道を進むタイプだわ」

「性格判断はけっこうよ」アガサはむっとして言った。

「最近親しい人と別れましたね、暴力的な死によって」アガサの夫が殺された事件はすべての新聞に書き立てられていた。「人生には三人の男性が登場します。どの人もそれなりにあなたを愛しているけれど、二度と結婚はしないでしょう。これまでの人生で大きな危機がありましたが、それはもう去りました。死ぬまで穏やかな暮らしをするでしょう。でも、今後は誰ともセックスをしないでしょう」

「どうしてそういうことがわかるの？」アガサは怒りがこみあげてきた。

「あなたとわたしのあいだには共感が存在するんです。あなたは母を見つけた。わたしたちのあいだには霊的な絆があるんですよ。そのせいです」

十ポンドをどぶに捨てたみたいなものね、とアガサは思った。何か言ってやろうと口を開きかけたとき、あるアイディアを思いついた。

「降霊会を開くって言ってたわね」

「ええ、死者の霊を呼びだすんです」

「じゃあ、お母さんを呼びだしたら、誰に殺されたのか話してくれるかしら？」

「早すぎます。今はまだ。ちょうど、あちらの世界に移動しようとしているところですから」

旅をしても、死者の国じゃ荷物をほどくことはできないでしょうね、とアガサは皮肉っぽく思った。

「実はガーデン・ホテルには友人が五人いるの。他の人たちが了承したら、わたしたちのために降霊会を開いてもらえない？」

「いいですよ」

「ホテルで?」

「いいえ、いつもここで開いています」

そうに決まってるわね。仕掛けが山のようにあって運んでいけないでしょうから。

声に出してはこう言った。「他の人たちに訊いて、また知らせるわ」

アガサは十ポンドを払った。「降霊会はおいくらなの?」

「二百ポンドです」

「目の玉が飛び出る金額ね」

「エネルギーをとても消耗しますから」

そして、やってもらうほうはお金がどっさり出ていくってわけね、とアガサはそう思いながら、数分後、遊歩道を歩いていた。


ホテルに着くと、ラウンジをのぞいた。メアリーが一人で暖炉のそばにすわり編み物をしている。彼女の隣にすわることにした。メアリーは口数が少なくて、いつもジェニファーが彼女の代わりにしゃべっていた。

コートを脱ぐと、アガサはメアリーの向かいにすわった。メアリーはちらっと笑みを浮かべ、また編み物に戻った。昔は弱々しくてウサギみたいな顔立ちのかわいらしい女性だったのだろう。

「ジャニーンに会ってきたの」アガサは切りだした。

「フランシーのお嬢さん？　どんな人だった？」

「大金を払って手相を見てもらったら、いい加減なことを並べていたわ。でも、みんなで降霊会に行ったらおもしろいかもしれない」

「ああいうことって本物なのかしら？」

「わからないわ。でも興味深い体験ができるんじゃないかしら。二百ポンドですって、信じられる？　でも、六人で割り勘にすれば、そんなに高くないわ」

「生きている人のことも教えてくれると思う？　つまり、彼女の霊には生きている人のこともわかるのかしらってことだけど」

「死者と話ができるかどうかだって怪しいから、無理なんじゃないかしらね。どうして生きている人のことを？」

「昔、好きだった人がいるの」

「男性？」メアリーとジェニファーは恋人同士なのではないかと、アガサはたびたび感じていたのだ。

「もちろん男性よ。今彼がどこにいて、何をしているのかしらってよく思うの」

「うまくいかなかったの？」ジェームズ・レイシーのことを思いながら、アガサは同情をこめてたずねた。

「だめになっちゃったの」メアリーの大きな茶色の目は思い出を懐かしむ表情になった。「でも、しばらくのあいだとても幸せだった。わたしはワイカーデンに両親と休暇で来ていたの。彼と出会ったのはまさにこのホテルだったのよ」

「あなたはいくつだったの？」

「二十二」メアリーはため息をついた。「遠い昔ね。親しくなって海辺を散歩して、ダンスにも行ったわ」

「彼と寝たの？」

メアリーはショックを受けたようだった。「いえ、そういうことはまったくなかった。だって、当時は……とんでもないわ！」

「それでどうして終わってしまったの？」

「わたしの住所を教えたわ。当時は両親とサイレンセスターに住んでいたの。彼はロンドンに住んでいた。でも、いくら待っても、彼は手紙をくれなかった。電話番号は知らなかったけど住所は教えてくれたので、とうとう待ち切れなくなってロンドンに行ってみたの。彼が教えてくれた住所にね。そこは下宿屋だったわ。そこの人たちは誰も彼のことを知らなかった」

「たぶん偽名だったんじゃない？」

「教えてくれた名前は本名よ。だって、彼は車を持っていたから。運転免許試験に合格したばかりで、新しい免許を自慢していたの。そこには彼の名前が書いてあったわ、ジョセフ・ブラディって。どういう外見か説明して写真まで見てもらったけど、そういう人は住んでいたことがないし、この十年はある女性がずっと住んでいるって下宿屋の人たちに言われたの！　彼は広告会社のコピーライターだって話していたから、家に帰ると、電話帳に載っているすべての広告会社に電話してみた。そのために仕事を病欠したわ。彼のことを聞いたことがある人は一人もいなかった。だけど彼のことがどうしても忘れられなかった。毎年ワイカーデンに来たのは、もしかしたら彼と会えるかもしれないと期待していたからよ」

「彼はホテルに一人で滞在していたの？」アガサは質問した。

「ええ」

「運転免許証の住所は見ていなかったのね？」

彼女は首を振った。

「ホテルの宿帳はどう？」

「そんなことをホテルに訊きたくなかったの」

アガサは立ち上がった。「あなたの代わりに見つけだしてあげる」

「どうやって？」

「どこかに古い宿帳を保管してあるはずよ。それは何年のこと？」

「一九五五年の夏よ。七月の十日ぐらい。でも、ジェニファーには言わないで」

アガサはもう一度腰をおろした。「どうして？」

「そのあと十年ぐらいしてジェニファーと知り合ったの。わたしの両親は具合が悪かったので、ここに一人で来たのよ。彼女はとてもエネルギッシュで、友だちになったの。ジョセフのことを洗いざらい話したわ。そうしたら、人生をむだにしていると言われた。わたしのほうは秘書をしていたけど、ジェニファーにコンピュータープログラミングのコースをとるといい、お金になるからって、勧められたのよ」

「ジェニファーは何をしていたの？」

「ロンドンの学校で数学の教師をしていたわ」

「教師のお給料はそんなによくないでしょ」アガサは指摘した。「どうして自分でコースをとらなかったの？」

「ジェニファーは教えることに使命感を持っていたから」

「なるほどね」アガサはそっけなく応じた。

「おかげでお金を稼げるようになったけど、両親が相次いで亡くなり、少し精神的にまいってしまったの。ジェニファーが長い夏休みにうちで暮らしながら面倒を見てくれたわ。それから両親の家を売って、いっしょにロンドンのマンションで暮らそうって提案された。すてきな冒険に思えたわ。わたしはシティの会社でプログラミングの仕事についた」

「だけど、他の人や他の男性とも出会いがあったでしょ」

「最初のうちジェニファーは頻繁にパーティーを開いていたけど、来る人はほとんどが教師だった。わたしは会社の人たちを招いたけど、パーティーが楽しくないみたいでだんだん来なくなったわ」

「会社の女性とはお友だちにならなかったの？」

「ときどき、仕事のあとで一杯飲みましょうって誘われたけど、ジェニファーがいつも仕事が終わるのを待っていたから……」

ジェニファーはヒルね、とアガサは思った。

彼女はまた立ち上がった。「宿帳を調べてくるわ」

アガサはミスター・マーティンのオフィスに入っていき、古い宿帳を見てもいいかとたずねた。彼は古い宿帳ならすべて地下室にあるから自由に見てもかまわないが、自分は手伝う時間はないと言った。ミスター・マーティンはアガサに大きな鍵を渡し地下室に案内すると、小さなドアを指さした。「そこです。がらくたの奥の本棚に全部積み重ねてありますので」

アガサはドアの鍵を開け、石の階段を下りていった。地下室には古い家具やほこりまみれのカーテンやオイルランプまであった。がらくたをすり抜けて、奥の書棚に積み上げられているホテルの宿帳の山に近づいていった。ほっとしたことに、それぞれの宿帳の外側に日付がスタンプされていた。

「1955」とスタンプされた宿帳にたどり着くために、他の山をどかさなくてはならなかった。アガサはぼろぼろの古いソファにすわって宿帳を開き、七月の欄を見つけた。

名前を指でたどっていった。とても小さなホテルだったので、何百という名前をチェックせずにすんで助かった。そのとき、ジョセフ・ブラディの名前が目に飛びこんできた。アガサは眉をひそめた。「ハダートン、シープ・ストリート92」という住所が書かれている。ハダートンに住んでいるなら、毎日ここまで車で来られるのに、ガーデン・ホテルのような高級な場所で休暇を過ごしていたとはどういうことだろう？

ハンドバッグから小さなノートをとりだして住所を書き留め、宿帳を元に戻した。それから上に戻っていきオフィスに鍵を返しラウンジに入っていくと、メアリーはまだ編み物をしていた。

「見つけたわ」アガサは言った。

「本当に？　そんなに簡単に。これだけ歳月がたっていると……」

「奇妙なことに、彼はハダートンの住所を書いていたの。ハダートンはすぐそこよ」

アガサは紙片を差しだした。「信じられない」メアリーはつぶやいた。

「あなたの幽霊を追い払ったほうがいいわ。明日行きましょう」

「ジェニファーには言わないほうがいいと思うわ」メアリーは言った。

「言わないでおくのはむずかしそうなの？」

「そうでもないわ。あなたといっしょにドレスを見に行くって言うわね」

「じゃあ、そうして。今夜みんなで集まったときに降霊会についてどう思うか、意見を訊いてみるわ」

ジェニファーは降霊会を馬鹿にして、はっきりと大声でそう口にした。デイジーはその手のことには関わらないのがいちばんだという意見だった。でも提督は意外にも乗り気になり、「なかなかおもしろそうだ」と言いだした。ハリーはジャニーンがどういうトリックを使うのか見るのも一興だと考えた。デイジーは提督を喜ばせようとして反対意見をひっこめた。というわけで、アガサが二日後の夜に予約を入れることになった。アガサがジャニーンに電話すると、夜の九時にお待ちしていますという返事だった。

ディナーのあとで彼らはそろってダンスに出かけた。いつになくみんな無口で、ジェニファーはあきらかに不機嫌だった。彼女は降霊会が気に入らなかったのだが、一人だけのけ者にされるのもいやだったのだ。

その晩は全員が一見、楽しげに踊ったものの、アガサには理解できない気まずさが漂っていた。ジムが来るのではないかとホールの入り口にしょっちゅう目を向けたが、夜は更けていっても彼の姿はなかった。ついに頭痛がするのでホテルに帰りたいとデイジーが言いだし、他の人々も賛成した。

これってどういうことなのかしら？　寝支度をしながらアガサは考えこんだ。降霊会のことで一人が怯え、心の中の恐怖が無意識に他の人にも伝染したの？　彼らの一人が殺人犯だという可能性はあるかしら？

それにどうしてジムは来なかったのだろう？　もしかしたら、しばらくすると惚れ薬の効き目は薄れてくるのかも。

午前中にアガサとうしろめたそうな顔をしたメアリーは、タクシーでハダートンに行った。「出てくるのは問題なかった?」アガサはたずねた。

「ええ、今回は。でも、なぜか一人きりで行動すると、ジェニファーに対してうしろめたく感じるの」

「亭主関白の夫よりも始末が悪いわね」

「あら、そんなこと言わないで、アガサ。ジェニファーはわたしにとってたった一人の親友なんだから」

古いタクシーがハダートンを走っていくあいだ二人は黙りこんでいた。

「シープ・ストリート」運転手が叫んだ。

「九十二」アガサが叫び返したあと、タクシーはのろのろ運転になった。シープ・ストリートには赤い煉瓦造りの建物が並んでいた。何軒かは植木箱や明るい色に塗られたドアや窓枠でしゃれた雰囲気に改装されていた。だが残りの家はあきらかにみすぼらしい。九十二番地はそういうみすぼらしい一軒だった。

「もう放っておいたほうがいいんじゃない?」アガサが料金を払ってタクシーを降り

ると、メアリーが言いだした。

「ここまで来たんだから、最後までやりましょう」アガサはつかつかと玄関に歩いていきノックした。

「彼はたぶん何年も前にここを出たわよ」メアリーが言った。

ドアが開き、とても年老いた女性が出てきて二人を見上げた。「ジョセフ・ブラディを探しているんです」アガサが言った。

「どうぞ」老女は足をひきずりながら中に入っていき、二人はそのあとに続いた。通されたリビングは暗く、壊れた古い椅子が何脚かとたわんだソファが置かれていた。

「こちらはメアリー・ダルシーで、わたしはアガサ・レーズンと言います」アガサは名乗った。「メアリーとジョセフは若いときに知り合いだったんですが、彼がどうしているかずっと気になっていたそうです。ジョセフをご存じですか？」

「わたしの息子だよ」

二人ともまじまじと老婆を見つめた。彼女は肘掛け椅子にすわった。両手はリウマチで曲がり、顔は皺だらけだ。

メアリーは呆然として口もきけないようだった。「彼はどこにいるんですか？」アガサはたずねた。

ミセス・ブラディはヒュッと小さく息を吐いた。「おつとめをしている」

「なぜ？　何があったんですか？」メアリーがつらそうな声をもらしたのは無視して、アガサは質問した。

「いつもと同じ理由さ。車を盗んだんだよ」彼女はメアリーを見た。「どうして息子と知り合ったんだい？」

メアリーはどうにか震える声で答えた。「何年も前、一九五五年に。ワイカーデンのガーデン・ホテルで出会ったんです」

ミセス・ブラディはうなずいた。「あの子が最初に厄介なことになった頃だよ」

「警察と？」アガサは訊いた。

「そうさ」ミセス・ブラディは疲れたように言った。「あの子はハダートンの会社で車のセールスマンとして働いていた。ちょうど運転免許をとったばかりでね。車を盗んだうえに、会社のオフィスからお金まで盗んだ。高級ホテルに行って金持ちの娘を見つけるつもりだった、とあとで話していたよ」老いた目が気の毒そうにメアリーを見た。「それがあんただったんだね？」

「そうだと思います」メアリーはうちひしがれていた。「うちはお金持ちじゃありませんでしたけど。父はただの弁護士でした」

「ジョセフにとっては金持ちだったんだよ。うちにはいつもお金がなかったからね。で、あの子は家に戻ってきて二日後に警察に逮捕された。どうして逃げきれると思ったんだか、わたしにはわからないよ。盗んだ車を横町に置きっぱなしにしたんだ。さも他の人間が盗んだみたいに。でも、自動車会社のオフィスに指紋をべたべた残していたし、あの子の部屋から残りのお金が発見された。ジョセフは二度とこういうことはしないって誓った。幸い、軽い刑ですんだけど、前科があると職につくのがむずかしいんだ。そのあとすぐに家を出ていった。オーストラリアに行くって言ってね。それから四年後、刑務所から手紙を寄越した。また車を盗み、もっと長い刑になった。お次は強盗だったよ。最後は車を盗み、それをブルガリアの悪いディーラーのところに運んでいこうとしたんだ」

「最近の写真をお持ちですか?」アガサはたずねた。

ミセス・ブラディは椅子からやっとのことで立ち上がると、暖炉わきの棚からボール紙の箱をおろした。それを小さなテーブルにのせると、眼鏡をかけて写真を探しはじめた。一枚を抜きだし、メアリーに差しだした。「これ、あんただよね?」

メアリーはワイカーデンのダンスパーティーでの自分とジョセフの写真を見つめた。

「ええ」くぐもった声で言った。「海辺のカメラマンが撮ってくれたものよ。一枚はわたし、一枚はジョセフに」

「今度のおつとめ前の写真があったよ」ミセス・ブラディはメアリーに写真を渡した。アガサもメアリーといっしょにそれを見た。この写真のジョセフはカメラに向かって入れ歯をむきだしにしていた。ほとんど禿げ、そのイタチのような顔にはダンスパーティーの青年の面影はほとんどなかった。

アガサはメアリーのショックにひきつった顔を見た。「時間をとってくださってありがとうございます、ミセス・ブラディ。お手間をとらせて本当にすみませんでした」

「玄関まで送るよ」彼女は言った。「まったくねえ、あの子が結婚するって言った女の子がこれまでも次々に現れたんだけど、女の子よりも先に警察につかまっちゃうんだよ」

通りに出ると、メアリーは少し歩いてから、我慢しきれなくなりわっと泣きだした。すすり泣きの合間に何度も何度もこう繰り返した。「どうしてこんな真似をしたの、アガサ？」

「でも、あなたが彼を見つけたがったんでしょ」アガサは弁解したが、やはり後味が悪かった。かわいそうなメアリーの夢を壊さないでいたほうがよかったのかもしれない。シープ・ストリートを冷たい風が吹いてきた。ドアにぶらさげられた風鈴が異国風の音を奏でた。

「パブに入りましょう」アガサは言った。

二人はシープ・ストリートの角を曲がり、小さなパブを見つけた。アガサはブランデーを注文した。メアリーはお酒を飲みながらすすり泣いた。そのあいだアガサは辛抱強く待っていた。とうとうメアリーは涙をふき洟をかんだ。

「この何十年も、ジョセフとの楽しい日々を夢見ていたわ。ワイカーデンに通っていれば、いつか彼が戻ってくるって。この夢があったからジェニファーにも我慢できたのよ。もうわたしには何もないいんだわ」

「そのままにしておけばよかったわね」アガサは言った。「だけど、彼が犯罪者になっているなんて思いもしなかった」

「あなたがいけないんじゃないわ。知らなくちゃいけなかったのよ。ジェニファーに話すわ」

「どうして？」

「何かあったって、どうせすぐわかるでしょ」

「ああ、そうね、それなら話すといいわ」アガサはふいにすべてのことにうんざりした。パブの隅に煙草の自動販売機がある。物欲しげにそれを眺めた。でも、こんなに長く煙草を吸わずにいるのは、もう何十年ぶりかだ。がんばるのよ、アガサ！

ホテルに戻ると、ジムがアガサを待っていた。興味深げに赤い目のメアリーを見たが、彼女はさっとジムの横を通り過ぎて階段を上がっていった。

「彼女、どうかしたのかい？」

「散歩に行きましょう。歩きながら話すわ」

遊歩道に出ると、ジムはアガサの腕をとって言った。「ブランデーのにおいがする。ずいぶん早くから飲んだんだね」

「メアリーを慰めるためよ」歩きながら、ジョセフについて話した。

「かわいそうに」アガサの話が終わると、ジムは言った。「わたしなら調べられたんだが」

「あなたに頼むことは思いつかなかったわ。メアリーは彼が犯罪者だとはこれっぽっちも疑っていなかったの」

アガサはそれから降霊会について話した。

「警察はまだジャニーンの夫に目を光らせているんだ。用心したほうがいい」

「彼には鉄壁のアリバイがあるんでしょ」

「鉄壁のアリバイがある人は常に疑うことにしているんだよ」

「どうしてわたしに会いに来たの、ジム？」

「今夜ディナーに誘いたかったんだ。新しいイタリアンレストランはどうかな？」

「うれしいわ」

「よかった。八時に迎えに来るよ。そろそろ送っていったほうがよさそうだ。書類仕事がたまっているから」


午前中のどたばた騒ぎですっかり消耗したので、午後はのんびりしてデートの支度をする計画だった。セーターを脱ぎかけたとき、ドアが断固たる調子でノックされた。セーターをひっぱりおろすとドアを開けた。ジェニファーが拳を握りしめ、怒りに目をぎらつかせながら立っていた。「話があるのよ、このお節介女！」

「入ってちょうだい」アガサは疲れた声で言った。

ジェニファーは部屋に入ってきた。「よくもメアリーの幸せをだいなしにしてくれたわね。彼女には夢が必要だったのに」

アガサは急にジェニファーに嫌悪感を覚えた。「あなたがメアリーの夢をだいなしにしたんでしょ」腹を立てて言い返した。「何年もヒルみたいに彼女にしがみついていた。あなたにつきまとわれて、彼女は他の友人を作ることもできなかったのよ」

「よく言うわよ。両親の死後、誰が彼女の世話をして健康を取り戻してあげたと思っているの？　専門職につくように後押ししたのもわたしよ」

「そうでしょうとも。あなた自身でやるよりもずっと楽だったからよ。あなたは怒っているんじゃない、ジェニファー。怯えているのよ。ジョセフが戻ってくるという夢をメアリーが抱いている限り、あなたは安全だった。夢がなくなったら、メアリーはむだにした人生について振り返るでしょうからね」

ジェニファーの顔が醜い土気色になった。「ともかく彼女にちょっかいださないで。さもないとひどい目にあうわよ」

ジェニファーは大股で部屋を出ていき、たたきつけるようにドアを閉めた。アガサはすわりこんだ。脚が震えていた。まちがいなく彼女なら人を殺せそうだ。ワイカーデンを出て、ジェニファーとのやっかいな関係から逃げだすか、ここにとどまって殺人事件についてもっと探りだすか、ふたつの選択肢のあいだで心が揺れた。それにジムのことがあった。気まぐれで不誠実なチャールズや冷たいジェームズとつきあったあとだと、自分に本気になってくれる男性がいるのはすばらしいことだ。もしかしたら結婚するかもしれない。

アガサはカースリーの牧師館にいるミセス・ブロクスビーに電話した。

「まあ、連絡いただけてうれしいわ」ミセス・ブロクスビーは弾んだ声を出した。

「いつ戻ってくるのかしらって、みんな気にしてるのよ。そのぞっとする殺人事件にはあまり深入りしていないんでしょう?」

アガサは殺人事件について、ホテルの住人について、ジムとだんだん親しくなっていることについて、それからジェニファーとの口論について洗いざらい話した。

「ジェニファーのことはあまり責められないわね」アガサが話し終えるとミセス・ブロクスビーは言った。「メアリーみたいな女性には何人も会ったことがあるわ。ジェニファーがいなくても、彼女みたいな誰かが現れたでしょう。それは傲慢な男性かもしれない。たぶん彼女の両親はとても支配的だったのよ。それからジムはかなり有望そうね」

「ジェームズはどうしている?」アガサはいきなり質問した。

「とても元気そうよ」ミセス・ブロクスビーはジェームズがアガサについてたずねてきたことを話すつもりはなかった。ジムとの関係を深めさせたほうがいいわ。

「それで、猫たちは?」

「ドリス・シンプソンがとてもよく面倒を見ているわよ。みんな、あなたがいないので寂しく思ってるわ」

「あと数日したら家に帰るつもりよ」

電話を切ったとき、ふいに二度とセックスしないでしょうという不吉な予言を思い出した。「まあ、見ててごらんなさい」アガサは考えながら脚の毛を剃り、ランコムのポエムというボディローションを肌にすりこんだ。

その晩は順調な滑り出しだった。ジムはワイカーデンでの仕事について語り、アガサはカースリー村と住人たちの話をしたが、ジェームズについては触れなかった。

彼はホテルに送ってくれると、向きを変えて彼女を抱きしめた。

「ああ、アガサ」かすれた声で言ってキスした。アガサは自分でも意外なほどの情熱でそれに応えた。いまいましい魔女め。まちがっていることを証明してやる。「あなたのうちでナイトキャップをいただけない？」アガサはささやいた。

「いいとも」彼もかすれた声で答えた。町はずれまで運転して、こぢんまりしたバンガローの外に車を停めた。決闘に臨む二人組のように、ジムとアガサは並んで小道を歩いていった。二人のあいだでは緊張が高まっていた。こんなはずじゃなかったのに、とアガサは思った。笑ったりふざけあったりしているはずだったのに。

彼はアガサをバンガローに通した。きれいに片付き、がらんとした部屋がまばゆく照らしだされている。「バスルームはあそこだよ。わたしはもうひとつのほうを使うから」

「バスルームがふたつあるのね」アガサは軽口をたたこうとした。「贅沢ねえ」

「一時は下宿人を置いていたんだ。今はその暇がないが」

アガサは深緑色の浴槽と便器のある染みひとつないバスルームに入っていった。服を脱ぎ、お湯をためた。ナイトガウンか化粧ガウンを持ってくればよかったと思った。結局、黒いレース飾りのついたスリップだけでバスルームから出ていった。

「どこなの？」アガサは叫んだ。

「ここだよ！」

その声をたどっていくと寝室に出た。ジムはダブルベッドに寝て、顎まで上掛けをひっぱりあげていたが、その顔はにこりともしていなかった。さあ、これからジャニーンがまちがっていたことを証明するわ。

アガサはベッドの彼の隣にもぐりこんだ。シーツはつるつるしていて冷たく、彼の体も冷たかった。アガサは彼にキスしはじめた。

とうとうジムはアガサに背中を向けた。「すまない、アガサ。できないんだ。まだだめだ。大丈夫だと思ったんだが、だめだった」

「じゃあ、帰るわ」アガサは小さな声で言った。彼は返事をしなかった。アガサはベッドから出ると戸口から振り返った。ジムは横向きになって丸まり、目をぎゅっと閉じていた。

どうにかバスルームまで戻った。服を着て廊下に出ていき、電話と電話帳を見つけると、タクシー会社を調べ、タクシーを呼んだ。相手は住所を教えてくれと言った。アガサはどこにいるのかまったくわからなかったが、電話帳にスタンプされていたので助かった。

タクシーを待ちながら、寝室に入っていって、ジムを慰めるべきだろうかと迷った。でもはねつけられた気分だったし、魅力のない女になった気がした。最悪の一日だった。

タクシーが停まる音を聞いて安堵の息を大きく吐いた。車が静まり返ったワイカーデンの夜の通りを走っていくあいだ、自分がちっぽけで薄汚れた誰からも求められない存在に感じられてきた。降霊会に出たら、家に帰ろう、カースリーのわが家に。

翌朝、朝食に下りていくと、ジェニファーとメアリー以外は愛想よく挨拶をしてくれた。メアリーは泣いていたせいで目が腫れている。

ジムとのことで頭がいっぱいで彼女を気遣うことを忘れていたわ、と自分自身に腹が立った。メアリーに対して罪悪感を覚えていた。わたしは夢を壊す人間なのよ。まずメアリー、それからジム。しかもたった一日で。いまいましいジャニーン。あんなことを言われたから、ジムを誘うような真似をしてしまったんだわ。

トーストにポーチドエッグをのせた軽い朝食をとった。コーヒーを飲みながら、こういうとき煙草はさぞおいしいだろう、とまたもや残念に感じた。ホテルには煙草の自動販売機はない。そんな大衆的なものは置いていないのだ。しかし、埠頭には自動販売機があり、最近の物騒な世の中でも奇跡的に荒らされていなかった。

たっぷり散歩すれば、物思いを蹴散らしてくれるだろう。アガサはその日、荒れた海沿いに何キロも歩いた。それからホテルに戻って、二日後の土曜日にチェックアウトするので請求書を用意しておくように支配人に告げた。家に帰ると決めると急に安心して、気分が明るくなった。

その晩、降霊会に出かける支度をしていると、ドアがノックされた。何か武器になるものはないかと部屋を見回してから、被害妄想気味だと気づいてドアを開けた。だがジェニファーが立っているのを見て、すばやくあとじさった。

「謝りに来たの」ジェニファーはぶっきらぼうに言った。「あなたはメアリーを助けようとしただけだった。彼女はどうしても知りたがっていたのよ」

「それなら、仕方ないわね」アガサはほっとして言った。「今夜の降霊会は楽しみね」

「いえ、あまり。もっとも、ジャニーンが詐欺師だとばれても気にしないけどね」

「だけど、彼女のお母さんの薬のことは信用していたんだと思ってたわ！」

「昔から伝わる民間の治療薬はそれなりに効くわ。だけど、占いとか降霊会とか、そういういかさまは信じたことがないの」

「わたしもよ」アガサはうなずいたが、手相を見てもらったことはジェニファーに言うつもりはなかった。「だからこそおもしろいと思ったの――どういうからくりなのか見られるでしょ。デイジーは降霊会を信じているみたいだったけど」

「少しのあいだ信じていたけど、そのあとでフランシーはペテン師だって結論を出したみたいね」

「どうしてその結論にたどり着いたの？　不思議だわ。そもそもフランシーのところに行くようにわたしに勧めたのはデイジーだったのよ」

「ああ、フランシーの薬は信じてたんでしょうよ。もうそろそろ着替えなくちゃ。何を着ていくの？」

「今夜はドレスアップする気になれないわ。ものすごく冷えこんできているし。毛皮のコートがあったらよかったのに」

「毛皮を着ることに反対している人はたくさんいる」ジェニファーは言った。「新しい毛皮を買ったら、また同じことが起きるわよ」

「かもしれない」アガサは悔しそうに言った。「そのうち肉を食べているとレストランに石が投げこまれるかもね」

「サミュエル・バトラーは、その手の議論をしていくと論理的に導かれる結論は全員が人間的に引き抜かれたキャベツを食べることだ、って言ってるわ」

「サミュエル・バトラーって誰？　官僚か何か？」

「ヴィクトリア時代の小説家よ」

「あら」アガサは気まずくなった。文学的な教養が抜け落ちていることが暴露されて不愉快だった。

「あなた次第だけど」ジェニファーは握手の手を差しのべた。「もう仲直りしない？」

「いいわよ」アガサの手は男のような強い力でぎゅっと握られた。

ジェニファーが部屋を出ていき着替えをすませたとき、電話が鳴った。あわてて受話器をとった。「ジム？」

「いや、ハリーだ」年取った甲高い声が言った。「みんな出かける準備ができているよ。提督がタクシーを二台予約したんだ。歩いていくには寒すぎるからな」

「すぐに下りていくわ」アガサは言って受話器を戻した。ジムったら、電話ぐらいくれてもいいのに。


彼らはタクシーで出発した。メアリーとジェニファーを仲直りさせるようなことが何かあったんだろうか、とアガサは思った。メアリーはとても陽気で、またもや彼女とジェニファーは親友同士に戻ったように見えた。きっと、メアリーは長年の習慣を変えるには年をとりすぎているんだわ。

ジャニーンの夫が彼らを出迎えた。彼らは狭い玄関ホールでコートや帽子を脱いだ。それから奥の部屋に案内された。部屋はまばゆい照明がつき、黒いベルベットの布がかかった丸テーブルがひとつ置かれているだけだった。

一行はテーブルを囲んですわった。「実にわくわくするな」提督が言った。「心霊体みたいに見えたら、アガサがこっそり煙草を吸ったせいだろう」アガサ以外は全員が笑った。アガサは「ずっと煙草を吸っていないのよ。禁煙できたの」と反論した。

部屋に奇妙な音が響いた。「いったいあれは何だね？」ハリーがたずねた。

「鯨よ」デイジーが言った。「鯨が出す音を録音したテープよ。そこらのお店でも買えるわ」

メアリーが不安そうな笑い声をあげた。「鯨のことは何も知らなかったわ」

「昔、フロリダでイルカの芸当を見たことがあるよ」提督が言った。「実に頭のいい生き物だ。知ってるかい……」

彼は言葉を切った。ジャニーンが部屋に入ってきたのだ。白いモスリンのロングドレスを着ていた。飾りは一切なく、ぴったりした長袖でハイネックだった。アガサは興味しんしんでジャニーンを眺めた。母親が最近亡くなったばかりなのに、よく降霊会を承知したものだ。とはいえ、じっくり観察してみると、厚いメイクの下で目が赤くなっていて、さんざん泣いていたかのようにやつれた表情をしていた。

「始めましょうか？」彼女は声をかけてすわった。「手をつないで決して離さないようにに。輪が切れないようにしてください」頭上の照明が消された。ジャニーンを照らしだしている青みがかったライトと、テーブルの周囲のつないだ手に当たるスポットライトだけになり、彼らの顔は闇に包まれていた。

アガサはデイジーと提督のあいだにいた。

長い静寂が続いた。鯨の声は消えてしまった。ジャニーンは頭をそらした。

それから目を閉じ、一本調子の声でささやきかけた。「そこにいるのは誰だ？」

すると男の声が言った。「やあ、アギー？」

アガサは体をこわばらせた。

「おれだよ。おまえの夫のジミー・レーズンだ」

アガサは鳥肌が立った。ジミーはまさにこの声のようにロンドンとアイルランドの訛《なま》りが混じり合ったしゃべり方をした。頭がめまぐるしく回転した。もちろん彼が殺されたことはあらゆる新聞に出たし、背景についても書かれていた。

「おまえを待っているんだ、アギー。もうあまり長く待たなくてもよさそうだな」

「彼に質問してもいいかしら？」アガサがたずねた。

ジャニーンは目を閉じてすわっている。そこでアガサは言った。

「このワイカーデンで過ごした休暇のことを覚えてる、ジミー？　それでまたここに来たのよ」

「だから、おれもおまえをどこで見つければいいかわかったんだ」ロンドン訛りの声が言った。

アガサは肩の力を抜いた。彼女とジミーはワイカーデンに来たことはなかった。

「それは妙ね」アガサは言った。「わたしたちは一度も……」

「別の人間が入りたがっている」ジャニーンが一本調子に言った。

長い静寂が続いた。いきなり外の通りを一陣の風が吹き抜けていった。ぴったりの効果音ね、とアガサは皮肉っぽく考えた。それでも部屋の緊張が高まっているのが感じとれた。提督があまりにきつく手をつかんでいるので、結婚指輪が指に食いこんでくる。結婚指輪をはめ続けているなんて、愚かだし古くさいわね、と脈絡もなくアガサは思った。咳払いをした。何も起こりそうにない。この女はペテン師だ。そろそろ帰ろう。

そのときジャニーンの唇から低いうめき声がもれ、彼女は体を前後に揺すりはじめた。唇のあいだから細い灰色の煙が出てきて、頭上からの青みがかった光のあいだを漂っていく。煙草の煙のはずがないわ、とアガサは思った。どうやったのかしら？そのうめき声にはこの世のものとは思えない不気味なところがあった。ジャニーンは固く目を閉じたままだ。細い声が唇からもれてきた。

「こんにちは、娘よ。ようやくこちらの世界への旅を終えたわ」

「母さん。どうしているの？」

「心が休まらないよ」声が泣き声をあげた。「わたしの死の復讐がまだ果たされていないから」

「もうじきよ、母さん。誰に殺されたの？」

「わたしを殺した犯人はわかっている」

はりつめた沈黙が広がった。そのときメアリーが悲鳴をあげて立ち上がった。

「どうしたんだ？」提督がたずねた。「何があったんだ？　やれやれ、もうこのたわごとにはうんざりだ」彼はドアまで歩いていき、照明をつけた。

「誰かがわたしを思い切り蹴ったのよ」メアリーは訴えた。

「輪を解いたので魔力が消えてしまったわ」ジャニーンが怒って言った。「これ以上はもうできません」

「このいかさまに二百ポンドも要求する気じゃないだろうな」提督が言った。

ジャニーンの夫が部屋に入ってきた。「何があったんだ？」

「母さんと接触しかけたときに、この人たちは輪を解いてしまったの。おまけに支払いを拒否しているのよ」ジャニーンはふいに両手で顔を覆って泣きはじめた。

クリフが急に威嚇的になった。「そんな真似はさせないぞ」

「こっちこそ、そんな真似はさせない」提督が憤慨して言った。「穏便にここを出ていくか、警察を呼んでここから連れだしてもらうか、どっちかだ」

「行かせていいわ」ジャニーンが涙をふきながら言った。「ろくでなしどもを帰らせて」彼らはドアに向かった。「あんたたち全員に呪いをかけてやる」

デイジーは怯えた小さな悲鳴をあげ、提督に体を押しつけた。

「歩いたほうがよさそうだ」全員が外に集まると提督は言った。「今のをどう思った、アガサ？　あれはご主人の声のように聞こえたかい？」

「ちょっとね。でも、彼は殺されたし、事件の経緯がどの新聞にも載ったの。それにこれまでわたしはワイカーデンに来たことはなかったし、彼もそうよ」

デイジーは霜がおりている遊歩道を歩きながら身震いした。「あの人、わたしたちに呪いをかけたわ」

「お金をもらえなかったから呪いをかけると言っただけだよ」提督が慰めるように言った。「われわれに必要なのは一杯やって、静かにスクラブルのゲームをやることだな」

スクラブルをやっているあいだ、アガサはフランシーの霊を呼びだしたことについて考えていた。あきらかにジャニーンはわたしたちのうちの一人を疑っていたのだ。

それに、メアリーは本当に誰かに蹴られたのだろうか？　それとも自分の犯行が露見するのではないかと怯えたのか？　メアリーがフランシーを殺せるほど強烈な一撃をお見舞いできるとは思えなかったが、せっぱつまったら力が出るかもしれない。しかし、どうしてあの日、フランシーの家の玄関は鍵がかかっていなかったのだろう？　殺人犯は鍵を持っていて、ドアに鍵をかけずに立ち去ったのか？　ジムは死体が動かされたとは言っていなかった。だとしたら、殺人犯は寝室でフランシーを殺したことになる。

物思いにふけっていたせいで、アガサはちゃんとプレイするようにと他のメンバーから叱責された。この年寄りたちは誰もうしろめたく感じていないいんだわ。ゲームにすっかりのめりこんでいる。

とうとうそれぞれの部屋に引き取り、いつものようにホテルの高級感あふれる夜の静謐《せいひつ》に包まれた。部屋に行く途中でフロントを通りかかると、デスクの前の椅子で夜間フロントスタッフが眠りこんでいた。これなら彼に気づかれずにホテルを出入りできるわね、とアガサは思った。あのいまいましい娘が入ってきて、わたしのコートをだいなしにしたときも、彼はたぶん居眠りしてたんだわ。

薄い色をした太陽が静かな海を照らしだし、寒くて晴れた朝が来た。

朝食後、提督は元気いっぱいの様子で、みんなで埠頭を散歩しようと提案した。「埠頭があきらかに安全じゃないことを教えてあげたいんだ。この古いヴィクトリア時代の埠頭はイギリスの遺産のひとつなんだよ。わたしに賛成してくれたら、みんなで嘆願書を出してもいいな」

帽子をかぶり手袋をはめ、暖かいコートをしっかり着込み、彼らは埠頭を歩いていった――老人の遠足ね、とアガサは思った。

提督は途中で足を止めた。「さてそこからのぞきこんで杭《くい》を見てもらいたい。海草に厚く覆われているが、あきらかにところどころ腐っている。今日の海はとても穏やかなので、わたしが話しているものがよく見えるだろう」

彼らはおとなしくのぞきこんだ。透明な波が埠頭の下に打ち寄せている。「水の中のあの白いものは何?」ジェニファーがたずねた。

「どこ?」メアリーが言った。

「すぐそこよ」ジェニファーは指さした。それからしゃがれた声で言った。「あら大変」

白い物体は波でひっくり返され、ジャニーンの息絶えた顔がこちらを見上げた。金髪が頭の周囲に広がり、モスリンのドレスが水にふんわりと浮かんでいた。

5

メアリーはジェニファーの平らな胸ですすり泣いていた。彼女ったら、わたしの勧めたパッド入りのブラをつけてないのね、とアガサはぼんやり思った。デイジーは震えながら嗚咽《おえつ》している。ハリーは埠頭にすわりこみ、頭を両手で抱えていた。提督の長身の姿は警察を呼びに埠頭を遠ざかっていくところだった。

アガサはハンドバッグを探って小銭入れをとりだした。一ポンド硬貨を三枚と五〇ペンス硬貨を一枚とりだすと、煙草の自動販売機に近づいていき、硬貨を入れてボタンを押す。煙草のパックがカタカタと下のトレイに落ちた。アガサはそれをとるとラッピングをはがし、一本抜きだして口にくわえた。火をつけて深々と吸いこむ。頭がくらくらしてめまいがした。よろめく足で手すりのところに行ってしがみつき、さらにもう一度吸いこんだ。カモメが彼女の隣の手すりに止まり、ビーズのような目でじろじろ見つめた。

数人のティーンエイジャーたちが笑ったりしゃべったりしながらやって来た。一人がハリーの姿を見て立ち止まった。「どうしたんですか？　お医者さんを呼びましょうか？」

ハリーはかぶりを振った。「海の中に死体があるんだ」彼はしゃがれ声で言った。

「なんだって！」ティーンエイジャーたちは手すりに駆け寄った。

犯人は夫か、わたしたちのうちの誰かだわ、とアガサは思った。たぶん彼女と最後に会ったのはわたしたちよ。

警察のサイレンの音が空気を切り裂いた。ブルーの回転灯が埠頭のはずれで点滅している。長身の提督の姿が見えた。彼の横にはイアン・タレット刑事とピーター・キャロル部長刑事がいた。その後ろにさらに警官が続いている。

「さがって！」タレットが命じた。「死体を発見したのは誰ですか？」

アガサはどうにか声を発した。「わたしたちです。ホテルの宿泊客です」

彼はじっと彼女を見つめた。「またあなたですか。どいてどいて」ティーンエイジャーたちに言った。「みなさんはそこにいてください」

アガサは体が震えだした。そのときジムが黒い長いコートをひらひらさせながら、急いで埠頭をやって来るのが見えた。タレットは彼を手すりに案内して死体を指さした。

「ひとつ提案させてもらってもいいかな？」提督が声をかけた。

「何ですか？」ジムはアガサから視線をすばやくそらして、提督を見た。「われわれのうち誰も、このいまわしいできごとには関与していない。われわれは年寄りだし今日は寒いので、ホテルに戻って待機し、あとで質問を受けたほうがいいと思う」

ショック状態だったが、アガサは年寄りに含められたことが気にくわなかった。

「けっこうですよ」ジムは言った。彼は警官に呼びかけた。「彼らといっしょに行き、わたしが到着するまで見張っていてくれ」

ハリーが助け起こされた。それから全員が警官のあとをついて、目を丸くしている野次馬の前を歩いてホテルに戻った。支配人のミスター・マーティンが迎えに出てきた。「今度は何があったんですか？」彼は叫んだ。

提督が簡潔に説明した。「全員、ラウンジで待機する。火はおこしてあるかね？」

「いえ、まだです」ミスター・マーティンは両手をこすりあわせながら嘆いた。「まったく恐ろしい、恐ろしいことです」

「すぐに誰かに火をおこさせてくれ」提督が大声で怒鳴った。

彼らはぞろぞろラウンジに入っていき、暖炉の周囲の椅子にへたりこんだ。「砂糖をどっさり入れたお茶がいいだろう」提督が壁のベルを押した。

アガサはもう一本煙草に火をつけた。一度やめたんだから、また禁煙できるわ。中毒患者ならではの楽観主義でそう思った。

メアリーは泣きやんでいたが顔が蒼白で、デイジーはつらそうな奇妙な鼻声をもらしては、同情を求めるように提督をちらちら見ている。しかし提督は頭を胸にくっつけるようにして、火をおこしているホテルの使用人に視線を向けていた。

長い窓を通して、ジャニーンの夫が急ぎ足で埠頭を歩いてくるのが見えた。彼は降霊会について警察に話すだろう。アガサは他のメンバーのほうを見た。

「結局、犯人は夫だったのかしら」

誰も返事をしなかった。お茶が運ばれてくると、提督が注いだ。全員がそれぞれミルクと砂糖を入れ、全粒粉ビスケットに手を伸ばした。

「何があったのかしら？　誰がやったのかしら？」アガサはせっぱつまって次々に問いを発した。

「お茶にたっぷり砂糖を入れるといいよ、デイジー」提督が勧めている。

アガサは困惑しながら彼らを眺めた。全員がアガサと目を合わせないようにしている。全員が事件に関わっているの？

ジム・ジェソップがラウンジに入ってきた。「支配人がオフィスを使わせてくれたので、一人ずつ話を聞きます。最初はあなたから、ミセス・レーズン。あとで全員に警察署に来てもらい、正式な供述をしていただきます」

アガサは彼のあとからオフィスに入っていった。そこではキャロル部長刑事が待っていた。ジムはこれまで一度も会ったことがない相手に向けるような目つきでアガサを見た。

「亡くなった女性のご主人は、あなたたちがゆうべ降霊会をしたと言っている。それについて話してください。何があったかを」

そこでアガサは話しはじめた。降霊会について、死んだ夫だという声を聞いたことについて語った。「死者の声は霊能者の口から発せられるんだとばかり思っていました。でも、その声は部屋に響いたんです」

「それでその声は何と言ったんですか？」

「どうでもいいことばかりです。どうしているか、とか」

「それから？」

「次にフランシーだという声が聞こえてきました。その声が自分を殺した犯人をジャニーンに告げようとしたとき、メアリーが悲鳴をあげたんです。誰かに蹴られたと言ってました。提督がお金を払わないと言ったら、クリフは怒ったけど、提督が警察を呼ぶと言ったので、家から出られました。今朝、埠頭を散歩していたら、ジェニファーが水の中に死体を発見したんです。というか、『あの白いものは何？』って言ったんです。見に行ったら、水の中で死体が回転して、ジャニーンだってわかった。死体は水中にあったけど、水が透明だったので全員が彼女だとわかりました」

「他に思いつくことは？」

「どんなことで？」

「死体を見つけたときの他の人の反応とか？」

「ハリーは足が萎えたみたいに埠頭にすわりこんでました。メアリーはジェニファーにすがって泣いてました。デイジーは甲高い声を出して洟《はな》をすすっていた。提督は警察を呼びに行きました」

「そしてあなたは？」

「わたしは埠頭の自動販売機で煙草を買ったわ。煙草をやめていたんですけど、急にどうしても吸いたくなったんです」

「とりあえずこれでけっこうです。提督を呼んでください」

アガサは立ち上がった。「ジム、ちょっと二人きりで話せない？」

キャロルがにらみつけた。「提督を呼んでください」

「いいえ、だめです」ジムは冷ややかに言った。

アガサは彼をせかしたことで謝りたかったのだ。重い気分で、提督にオフィスに行くように伝えると火のそばにすわった。もう一本煙草に火をつけ、むっつりと他の連中を眺めた。妙だった。この第二の殺人について、ゆうべ全員で会った女性が殺されたことについて話題にできないのはどう考えてもおかしい。アガサは立ち上がって窓辺に行った。波止場で船が上下に揺れている。ジャニーンの死体が引き上げられるのを食い入るように見つめた。ダイバーの一団が到着した。なぜ？　死体はもう上がっているのに。そう、証拠ね。凶器がないか水底を捜索するのだろう。死因は何だろう？　それに埠頭から投げこんだのなら、コートはどこにあるの？　ゆうべは猛烈に寒かった。薄いモスリンのドレスだけで外出したとは思えない。クリフが妻を殺し、海に投げ捨て、潮の流れで埠頭に打ち寄せられたのかもしれない。

まちがいなくクリフが犯人だ。ジャニーンのお金だけではなく彼女が母親から相続したお金まで手に入れられるのだ。彼女はフランシーの家とお金を相続したにちがいない。さもなければパートンズ・レーンの家に引っ越してこなかっただろう。

警察が犯人はクリフだと結論を出してくれるといいんだけど。彼が逮捕されなかったら、わたしはワイカーデンに足止めを食ってしまう。自分のコテージ、猫のホッジとボズウェルのことを考えた。それにジェームズ・レイシーと村人たちのことを。体が震えはじめ、目に涙があふれた。

「部屋に行くわ」彼女はぶっきらぼうに告げた。

誰も返事をしなかった。

アガサは部屋に上がっていった。ベッドに倒れこむと、たちまち眠りこんだ。

二時間後、ドアがノックされて目を覚ました。ベッドから起き上がり、ドアを開けた。女性警官が立っていた。「いっしょに署に来てください」

「ちょっと待って」アガサはジムのことを考えながら言った。「メイクをしてくるわ」

バスルームに入って手早く顔を洗い、新たにメイクをした。そのとき惚れ薬のことを思い出した。フランシーは五滴入れろと言っていた。あと五滴使っても、家に帰ったときに分析できるぐらいの量は残るだろう。アガサはボトルをハンドバッグに忍ばせると、女性警官といっしょに部屋を出た。

署に行き、またもや取調室に通された。アガサは硬い椅子に腰を下ろした。女性警官がティーポット、ミルク、砂糖、陶器のマグ、紙コップのコーヒーをのせたトレイを運んできた。アガサには紙コップを差しだした。

「そのお茶は誰が飲むの？」アガサはまずそうなコーヒーをうんざりしながら眺めてたずねた。「警部です」という返事だった。

「ルーシー！」外の廊下で呼びかける声がした。ルーシーはトレイをテーブルに置くと出ていった。外で誰かと話している声が聞こえる。すばやく惚れ薬のボトルをとりだして、片目でドアを見張りながら少量をティーポットに垂らした。

女性警官が戻ってきてトレイをとりあげると出ていった。アガサは一人ですわっていた。とうとう立ち上がって誰かいないのと廊下で叫ぼうかと思ったとき、女性警官を従えてタレットとキャロルが入ってきた。タレットとキャロルはアガサと向かい合ってすわり、女性警官はレコーダーのスイッチを入れ、質問が始まった。

今回、質問はもっと執拗だった。警察は他の人々から降霊会がアガサの提案だったことを聞いていたのだ。

「ちょっとおもしろそうだと思ったんです」アガサは蚊の鳴くような声で言った。

「おもしろいことが殺人につながった。さて、最初からもう一度すべて話してください」

一時間に及び微に入り細にわたって質問されていると疲労困憊《こんぱい》し、刑事のぎらついた疑いの視線にさらされているうちに奇妙な罪悪感がこみあげてきて、やってもいない殺人を告白してしまう人がいるのではないか、とアガサは思いはじめた。とうとう解放されたが、ワイカーデンを出ないようにと言われた。

警察署を出ようとしたとき、受付の巡査部長に呼び戻された。「警部から話があるそうです」彼はデスクの隣のドアを解錠してアガサを通し、廊下を歩いて突き当たりの部屋に案内した。巡査部長はドアを開くと言った。「ミセス・レーズンをお連れしました」

ジムは立ち上がってアガサを出迎えた。アガサは書棚の上に置かれたお茶のトレイをちらっと見た。もうお茶は飲んだのかしら？

「すわってくれ、アガサ」ジムは言った。「一、二分時間ができたんだ」

「このあいだの夜はごめんなさい」アガサは言った。本当のことを言おうと決心していた。「フランシーの毛生え薬が残っていないかと思って、ジャニーンに会いに行ったの。毛生え薬は残っていなかったけれど、手相を見てあげようと言われた。そうしたら、もうアバンチュールはできないって、言われたの。二度とセックスもしないって。だから彼女がまちがっていることを証明したかったのよ。あのことで悩まないで。あなたはどこか悪いわけじゃないわ。よくあることよ」

ジムは体をのりだした。「わたしを慰めるために言っているんじゃないよね？　よくあるってことだけど？」

「ええ、本当よ。男性なら知っていると思ってたわ」

彼はにっこりした。「男が話題にすることじゃないし、しかも警察署内ではね。食堂での話を聞いたら警官は精力が強いと思うだろうけれど、実は妻がわたしの最初で最後の女性だったんだ」

「思ったとおりだわ！」アガサは言った。「それなら当然よ。このいまいましい殺人がなかったら、ゆっくりと時間をかけて、まずお友だちになれたのよ」

「まだそれならできるよ。残念ながら、あなたはもう少しここにいなくてはならなくなりそうだからね」

「彼女の死因は？」

「溺死だ。予備的検死ではそういう話だ。ご主人によれば、彼女は泳げなかったそうだ」

「彼は逮捕されたの？」

「いいや、取り調べを受けているが、勾留はできないと思う」

「どうして？」

「向かいの下宿屋の女性が夜ずっと起きていたんだ。夜中の二時ぐらいに、ジャニーンが遊歩道を埠頭の方に急いで歩いていくのを見たそうだ」

「もちろんあの白いドレスだけじゃないでしょ。凍えるほど寒かったから」

「目撃者は大きな黒いコートを着ていたと言っていた。そのコートは海から回収されたよ。それからその女性はクリフを見たとも言っている。クリフはジャニーンのすぐあとを追っていったが、彼女は振り返って怒鳴った。『家に戻って。わたしを放っておいて。自分が何をしているかはわかっているから』そのままクリフは戻っていったそうだ。目撃者は窓辺にすわって読書をしながら、ときどき外を見ていた。夜明けまでそこにいたが、どちらの姿も二度と見なかったと証言している」

「でも」アガサは叫んだ。「ジャニーンが自分のしていることはわかっている、と言ったのなら、クリフは彼女が誰と会うつもりだったのか知っていたということでしょ」

「われわれもそう考えた。しかし、今のところクリフは同じ話を繰り返している。ジャニーンは電話を受け、立ち上がると服を着た。クリフは眠かったので、通りのドアの閉まる音が聞こえて、初めて妙だと思ったそうだ。妻を追いかけていったが、家に帰れと言われた。誰が電話してきたのか、誰と会うつもりだったのかは知らないと言っている」

「その電話をかけてきた相手はたどれないの？」

「埠頭の入り口の電話ボックスからかけられたんだ。それ以上はわからない。今大変なプレッシャーがかかっているんだよ。魔女の娘が殺されたことは明日、でかでかと新聞の見出しになるだろうし、すでにカメラマンや記者や衛星放送のアンテナを用意したテレビクルーが町にあふれている。わたしは署長に発破《はっぱ》をかけられたが、ハダートンから警視がやって来て、捜査を引き継ぐことになった。ある意味でほっとしたよ。少しはプレッシャーが軽くなった」

「ちょっと妙に思っていることがあるの」アガサは言った。「ホテルの連中だけど。まず降霊会があって、フランシーの霊が誰かを名指ししようとしたとたん、メアリーが騒いだ。それから殺人事件について誰も話題にしないのよ、誰一人。今夜はたぶん提督がスクラブルをやろうと提案するわ。みんな言葉の意味についてちょっとした軽口をたたき、ハリーは点数を計算し、わたしはいつものようにグループの最低点をとる。それで終わりよ」

「提督はすべてのできごとが悪趣味だから忘れるのがいちばんだ、と言っていた。それが彼の世代のやり方なんじゃないかな」

「たわごとよ」アガサは言下に決めつけた。「ふたつの殺人を無視することなんてできないわ」

「わたしに会いに来てくれてありがとう、アガサ。そろそろ仕事に戻ったほうがよさそうだ。でも、時間ができたらすぐに訪ねていくよ」

アガサはハンドバッグと手袋を手にした。お茶のトレイをちらっと見た。カップは使われていた。

ジムはドアを開けてくれ、かがんで彼女の頬にキスした。「ホテルでマスコミに悩まされることはないよ。ミスター・マーティンがマスコミが張りこむのを禁止したから」

その晩アガサがダイニングルームに入っていくと、男女が新たに加わっていた。アガサはじっくりと二人を観察した。ボトルの赤ワインを飲みながら低い声でしゃべっている。女性は短くカットした黒い髪で、ピンストライプのパンツスーツ。男性はきちんとしたチャコールグレーのスーツに控えめなネクタイをしめている。しかし、彼にはどことなく女好きらしい雰囲気があり、アガサが入っていくと彼女を頭のてっぺんからつま先までじろじろ観察して、小声で何やら女性にささやいた。女性もアガサに視線を向けてきた。

アガサはため息をついて回れ右をすると、支配人のオフィスに行った。

「マスコミをホテルに入れないことにしたと聞いたけど」彼女は言った。

「そうですよ」ミスター・マーティンは答えた。「そのことについてはとても厳しくしています。この小さなホテルは住人の方たちに支えられておりますから」

「今、ダイニングルームにマスコミが二人いるわ。男と女」

「でもあれはデヴェニッシュ夫妻です。デヴォンからいらしたんです」

「身分証明書を見せるように言った？」

「いいえ。イギリス人であれば、宿泊カードと宿帳に記入してもらうだけです」

ミスター・マーティンは不機嫌そうにアガサを見た。

「わたしはこのホテルで十五年間支配人をしております、ミセス・レーズン。人を見る目はあると自負しております」

「わたしはマスコミを見抜く目があると自負しているわ。いっしょに来てちょうだい」アガサは憤懣《ふんまん》やる方ない思いで言った。

「騒ぎを起こしたら、絶対に許しませんよ」それでもミスター・マーティンはアガサのあとについてオフィスを出た。アガサはカップルがすわっているテーブルにまっすぐ近づいていった。「どちらの新聞社の方？」アガサはたずねた。

男女はすばやく目配せしあった。「こちらへは休暇で来ているだけです」男性が言った。

「じゃあ、こちらのミスター・マーティンに身分証明書を見せてあげていただけるかしら。警察を呼んで身元を確認させるようなことは避けたいでしょうから」

「そこまで言うなら」女性が肩をすくめた。「わたしたちは〈デイリー・ビューグル〉よ。そのどこがいけないの？」

「あとはあなたに任せるわ」アガサは憤慨している支配人を残して自分のテーブルに戻った。

記者たちが出ていくように言われているあいだ、アガサはまたもやホテルの住人たちについて考えた。もし彼らの一人が殺人犯だったら。ああいうありふれた人間がいきなり人を殺すだろうか？　それとも人を殺しかねないような過去が探りだせるかしら？　警察は当然彼らの経歴を洗っているだろうけれど、前科がないなら、それ以上は探らないだろう。メアリーは神経が参ってしまったことがあるという。でも、そういう人はたくさんいる。ジョセフ・ブラディのことから、メアリーについていろいろ知ることができた。他の人々にも話をさせるには、一対一になることだ。まず提督から始めよう。

提督はいちばんにディナーを食べ終わり、ラウンジに歩いていった。じきに他の連中も合流して、スクラブルのボードが運ばれてくるだろう。アガサは彼を追ってラウンジに入っていった。

「提督」アガサは言った。「ちょっとお願いがあるんですけど」

「何かな」

「わたし、不安で落ち着かなくて。第二の殺人にとても怯えてしまったの。散歩に出かけて、どこかで一杯つきあっていただけないかしら？　馬鹿みたいだけど、ホテルから出たくても一人じゃ怖くて」

提督は紳士らしく立ち上がった。「みんなに言ってこよう」

「できたら言わないでいただけません？　そろそろみんなで歩きたい気分じゃないのよ。あなたはとても思いやりがあるから、いろいろ聞いていただけたら恐怖も和らぐんじゃないかと思うの」

「いいとも。コートをとってこよう。外は寒いから」

二人はホテルから出たとたん、まぶしいテレビのライトとフラッシュに目をパチパチした。「何も言うことはない」提督はきっぱり言うと、アガサの腕をとって記者たちをかき分けて進んでいった。「いやはや。これは嫌がらせだよ」

野心家の記者が群れから離れて追ってきたりしませんように、とアガサは祈った。しかしマスコミはいつも群れているのが好きなので、全員がおとなしくその場に残っていた。だから、多くの記者がいつも特ダネを逃すのだ。

薄い雲が月にかかっていて空気は湿っぽかった。

「雨になりそうだ」提督は言った。

「天候がとても変わりやすいわね」アガサは言った。二件の残虐な殺人が起きたのに、お天気のことを話しているとは。

「ずっと考えていたんだが」と提督が言いだした。

「何を?」アガサは意気込んだ。

「ゆうべの最後のスクラブルのゲームで、ハリーは『畜生《ダム》』とつづった。わたしが罵り言葉は許されていないと指摘したら、彼はとても腹を立てたので見逃したんだが」

「『罵る《ダム》』っていう動詞でしょ」アガサは不機嫌に言った。「『気のないほめ方をしてかえって非難《ダ》の意《ム》を表すのに使われているみたいにね」

提督の顔が明るくなった。「なんて利口なんだ。ハリーに謝らなくてはいかんな」

そのポープの言葉を引用したのはジェームズ・レイシーだったわ、とアガサは寂しく思った。

「〈メトロポール〉で一杯やろう」提督が提案した。「現代的なしゃれた店だが、カクテルバーの方がご婦人には似つかわしいからね」

〈メトロポール〉はもっと小粋で派手で、もっと化粧の濃い老婦人向けだった。女性たちの顔は何層ものファンデーションで塗り固められていた。イギリスではフェイスリフトはまだ珍しいようだ。

「新しいカクテルを試してみよう」小さなプラスチック製テーブルに置かれたカードを見ながら提督は言った。「ほらこの〝ワイカーデン刑務所〟これをふたつ頼もう」彼は反抗的な顔つきの大柄な中年女性のカクテルウェイトレスに合図して、飲み物を注文した。運ばれてきたカクテルは鮮やかな青い色で大量の果物が入っていて、てっぺんに小さな傘が突き立てられていた。

「殺人事件について話し合いたいの」アガサは切りだした。

「どうして、あなたみたいなきれいな女性がそんないまわしいことを話したいんだね？」提督はからかうように言った。「これはなかなかいけるな」カクテルをすすった。「ブルーの色はどうやって出すんだろうね？」

「誰がやったのだろうって、ずっと考えているの」

「ああ、わたしは警察に任せたよ。なかなか捜査が進展しないようだが、徹底的に調べているようだから、いつか真相にたどり着くだろう」

「殺人事件について関心がないの？」

提督はもうひと口ブルーのカクテルを飲んだ。「あまり。まあ、夫のしわざにちがいないとにらんでおるよ」

アガサは別の方向から攻めてみることにした。「ホテルの住人の方たちとは、かなり前からのお知り合いなの？」

「昔からだよ。休暇にいつもここに来ていて、引退したので住むことにしたんだ」

「高いホテルでしょ」

「ミスター・マーティンが特別料金を適用してくれているんだ。冬にはお客が来ないしね。それに今は休暇に海外に行く愚かな連中が多いからな。なぜだろう？」

「太陽を求めて？」

「くだらん、あんなものにあたったら皮膚癌になる。イギリス人の肌は太陽を浴びるようには作られていないんだ」

「奥さまもいっしょにここに？」

「ああ、ガドリンはいつもここで楽しく過ごしていた。軍隊にいたときはあちこち移動していたが、休暇のたびにここに来ていたよ」

「どなたもご家族といっしょに暮らさないの？」

「わたしには息子がいる。クリスマスにはいっしょに過ごすよ。デイジーは妹のところに行くし、ハリーは娘のところに行く――ええと、ジェニファーとメアリーはホテルで過ごしているな」

「けんかしたことはある？　だって、何年も、いつもいっしょに過ごしているから」

「けんか？　けんかするようなことは何もないよ」提督は心からとまどっているように見えた。

アガサは小さなため息をついた。提督からは何も聞きだせそうになかった。別の人を試さなくてはならない。お代わりはどうかという提督の誘いを断って、なんだか疲れたと伝えた。二人はホテルに歩いて戻っていった。

「夜になってマスコミも引きあげたようだな」提督がうれしそうに言った。

「大きな事件が起きて、どこか別の場所に行ったんだといいけど」アガサは言った。

「あら、ジムがいるわ」警部の長身の姿がホテルの階段に立っていた。

「じゃ、わたしは失礼しよう」提督は言った。

「アガサ」ジムがはにかんだ笑みを浮かべた。「ちょっと話せるかなと思ってね。他の人たちはラウンジでスクラブルをやっているよ。わたしたちのパブに行こう」

わたしたちのパブ、その言葉にアガサは胸がときめいた。ジェームズ・レイシーに惚れ薬を試すのが待ちきれないわ。

「ねえ、進展はあった？」飲み物を前に席にすわると、アガサはさっそくたずねた。

ジムはため息をついた。「夫の嫌疑は晴れそうだよ。まったく証拠がつかめなかったんだ」

「何もなかったの？　鑑識の科学は奇跡を起こさなかったの？　何かなかった？　髪の毛は？　指紋は？」

「大勢の人がジャニーンを訪ねていた。すべての証拠を照合するのは悪夢だよ」

「予約帳はどうなの？」

「一冊ないんだ。消えていた」

「女性一人を埠頭から投げ落としたのだから、かなり力のある人物にちがいないわね」

「必ずしもそうとは限らない。埠頭の手すりで白いドレスの繊維を発見したんだ。そこから落ちたんだろう。足首にはあざがあった。誰かが水面を指さして、たとえば『あそこにあるのは何だろう？』とか言う。するとジャニーンは手すりから体を乗りだす。手すりはかなり低いから、何者かは彼女の足首をつかんで真っ逆さまに突き落とした」

「彼女が泳げないことを知っていた人間のしわざにちがいないわ」

「ああ、だから夫にちがいないと思ったんだが」

「わたしがぜひとも知りたいのは」とアガサはグラスの縁をいじりながら言った。

「彼らの経歴に殺人を犯すような原因があるかどうかよ。ホテルの住人たちのね」

「それについては徹底的に洗ったよ。メアリーとジェニファーは退屈だがきちんとした生活を送っている独身女性たちだ。デイジーとハリーも同じだ。提督は軍隊で武功を残した」

「北アイルランドで？」

「ああ、他の連中と同じようにね。でも、アイルランド共和国軍《IRA》の不気味な計略を疑っているなら、殺されたのは提督じゃないことを思い出してほしいね」

「犯人はどうしてフランシーを、さらに娘を殺したのかしら？」アガサはひとりごとのようにつぶやいた。「二人ともクライアントについていろいろ知っていたにちがいない。もしかしたら知るべきではないことを知って、ゆすろうとしたのかも」彼女は顔を輝かせた。「きっとそうにちがいないわ。夫が犯人だとしたら、彼はそれが何かを知っているはずよ。今何も言おうとしないのは、あとでその情報を利用しようとしているのよ」

警部はアガサを愛情こめて見つめた。「あなたは実に頭が切れるね。でも、クリフは外見とは裏腹に弱い人間なんだ。あらゆる点で妻に支配されていた。生計を立てていたのは彼女の仕事だったし、ジャニーンはいつも夫に恩着せがましい態度をとっていた。母親の死後すぐにジャニーンは遺言書を書き換えた。ついさっき、それがわかったところだ」

「じゃあ、クリフがすべてを手に入れるのね」

「反対だよ。彼には何も残さなかった。すべては大英降霊術者協会に寄付されるんだ」

「残念。じゃあ、クリフは食べていくためにこれからどうするの？」

「たぶん屋外市の仕事に戻るだろう。そもそも、そこでジャニーンは彼と出会ったんだ」

アガサはしばらく黙りこんだ。それから言った。「それだわ！」

「何がそれなんだ？」

「お金が行方不明の理由よ。ジャニーンとフランシーはロマだった。ロマは税金を払いたがらない。フランシーの金庫には大金が入っていたはずよ。クリフは何ももらえないからそれをとったにちがいない」

「しかしクリフは遺言が変更されたのを知らなかったんだ。少なくともそう言っている。フランシーが殺されたときジャニーンはまだ生きていたから、あなたの推理は筋が通らないよ、アガサ」

アガサはがっかりした。「考えてみればそのとおりね」

彼はアガサの手を軽くたたいた。「もっと楽しいことを話そう。日曜は休みをとるつもりなんだ。ドライブに行かないか?」

「ええ、すてきね。どこに?」

「海岸沿いにちょっと走ろう。それで、どこかのパブでランチをとる」

「ぜひ行きたいわ」

「十時に迎えに行くよ」


アガサはジムに別れを告げてホテルに入っていくと、ラウンジをのぞいた。みんなは暖炉のそばでスクラブルをやっている。フリンジのシェードがついた古めかしいフロアスタンドのやわらかい光に照らされ、全員が低いコーヒーテーブルに置かれたスクラブルのコマにかがみこんでいた。ラウンジの家具は重厚なヴィクトリア朝様式で、ソファは濃いグリーンのベルベット張りだった。長い窓にかけられた同じ色のベルベットのカーテンは引かれて夜を締めだしている。話題にしないことで世間を締めだそうと、全員が無意識のうちに決めているのだろうか？　彼らは殺人事件の記事についてふたことみこと言葉を交わすぐらいで、それ以外に新聞に出ていることについて話題にするのは聞いたことがなかった。そのとき頭にワイヤーがついているかのように、全員が振り向いてアガサを見た。アガサは秘密の会合の邪魔をしたかのような奇妙な感じを覚えた。

するとデイジーが叫んだ。「どうぞ仲間に入って」

アガサは首を振り微笑みながら、おやすみなさい、と言った。

部屋で服を脱ぎながら、ジムとの将来を思い描いた。ミセス・ジェソップ、とお風呂にお湯をためながらつぶやいてみた。わたしはミセス・ジェソップになれる。そうしたらジェームズ・レイシーにわたしのことはあきらめて、と言ってやれるわ。おあいにくさま！　って。

日曜は見事に晴れた。風が強く、すべてがきらめいている。前日に大雨が降ったので、いまや日差しの中ですべてが乾きかけていた。あたり一面黄色だった。水っぽい黄色の光が水たまりに射し、海の荒波の上で躍っている。

アガサはホテルから出発するときに安堵感を覚えた。きのうのような悪天候だと、ホテルにいるとタイムワープして閉じこめられたみたいに息が詰まった。みんなはそこそこ愛想がよかったが、女性たちはもう衣服やメイクについてアドバイスを求めてこなかったし、提督は劇場などに外出することに興味を失っているようだった。日が飛ぶように過ぎていくわ、とジムのフォルクスワーゲンポロで海岸沿いに走っているときにアガサは思った。ジェームズはわたしがいなくて寂しがっているかしら。

「じゃあ、彼女からは連絡がないんですか？」ジェームズは教会に来たあとでミセス・ブロクスビーにたずねていた。「しかもまた殺人事件が起きた。そろそろ猫の面倒を見るために家に戻ってくるかもしれないと思っていたんです。そうしたらわたしに電話して、殺人事件について相談してくるんじゃないかとね」

「あなたはミセス・レーズンとあまり仲がよくなかったでしょ」ミセス・ブロクスビーは思い出させた。「気になるなら、向こうまで車で会いに行ったらいかが？」

「そうするかもしれません。ええ、そうしますよ」

三時間のドライブで、ジェームズはワイカーデンに着き、まっすぐガーデン・ホテルに向かった。フロントではミセス・レーズンは外出していて、いつ戻ってくるかわからないと言われた。「ミセス・レーズン?」長身の年配の男がフロントデスクを通りかかった。

「ええ、提督」支配人が言った。「こちらの紳士がミセス・レーズンに会いにいらしたんです」

「ボーイフレンドと出かけているよ」提督は言った。「あの警部と」

ジェームズ・レイシーはぐずぐず待つつもりはなかった。そんなことをしてもむだだ。アガサはいつもいまいましいほど男たらしなのだ。

「実は結婚しなかった本当の理由はそういうことなの」アガサはディナーをとりながら話していた。「夫が結婚式に現れたからではなくて、ジェームズがわたしのことを少しも好きじゃないと思ったからよ」

「こんなことを言うのは悪いけどね、アガサ」ジムが言った。「あなたの言うとおりだよ。もし本当にあなたを愛していたら、すべて片付いたときに結婚していただろう」

二人は気楽な友人同士として一日じゅうあれこれ語り合った。アガサはジムとの結婚は楽しいかもしれないと、ますます思うようになっていた。愛を夢想するのをやめ、友情で手を打とうとする時期が人生にはあるにちがいない。

ただ、ジェームズがアガサの結婚を知ってショックを受け嫉妬するという場面を、何度も何度も頭の中で思い描くことをやめられたらいいのに、と思った。

ジムはゆっくりとワイカーデンに戻っていった。「移動遊園地が出ているわ」アガサは言った。

前方の道路わきに屋外市が出ていて、夜空を背景に照明が輝いている。行きにここを通り過ぎたときは静かで人もいなかった。

「見て回る？」ジムがたずねた。「たぶんフランシー・ジャドルの親戚たちがいっぱいいるよ」

「移動遊園地って大好きなの」

「じゃあ、行ってみよう」ジムは道をはずれ、駐車場に入っていった。

「あまり人がいないわね」

「季節が悪いよ。それに、天気がくずれるっていう予報だったし」

「日曜に開いているのが意外だわ」アガサは屋台のあいだを歩きながら言った。

「いつも開いているよ。日曜は午後遅くになってから開くんだ。みんなが教会に行く時間をとれるようにね。何を試してみたい？　昔ながらの乗り物があるよ。刺激的なジェットコースターはないけどね」

「観覧車があるわ」アガサは上を指さした。「あれに乗ってみたいわ」

「時刻が遅いから、もう営業終了のところもあるな。でも行ってみよう」

観覧車はまだ動いていた。ジムが二人分のチケットを買い、二人は座席のひとつに乗りこんだ。チケットを売った男が二人の椅子に安全バーを固定した。

「乗っているのはわたしたちだけよ」アガサが言った。「わざわざ動かしてくれるかしら」五分すわっていても、何も起きなかった。「降りよう」ジムが言ったとき、ガクンと揺れて観覧車が上がりはじめた。ぐんぐん高く昇っていく。「風が強くなってきたわ」アガサは言って、ジムの腕にしがみついた。

二人の椅子がてっぺんまで上がったとき、観覧車がいきなり停止した。

「よく停まるんだよ」ジムは言って、アガサの肩に腕を回した。「すぐにまた動きだすよ」

強い風が座席を揺らした。ジムは座席の端からのぞきこんだ。「おーい、どうしたんだ？」彼は叫んだが、激しくなってきた風にその声はかき消された。

アガサは彼にしがみついた。氷のような雨が頬に落ちてきた。前方にはワイカーデンの町の明かりが見える。そのとき、まるで大きなベールをかぶせられたかのように、町は近づいてくる嵐にのみこまれた。

すわっている座席がガタガタと揺れた。下では移動遊園地の照明が次々に消えていく。そのとき観覧車の照明も消え、二人はますます激しさを増してきた風と闇の中に取り残された。

ジムはアガサをぎゅっと抱きしめると言った。「下りてみるよ。あなたはここに残って必死にしがみついているんだ」彼は安全バーをはずすと持ち上げた。

「置いていかないで」アガサは叫んだ。

「下りるしかないんだ」ジムはコートを脱ぐと、靴も蹴って脱いだ。

ジムは座席から出ると、観覧車の支柱を伝って下りはじめた。アガサは体をのりだして彼を見ようとしたが、座席が激しく揺れたので悲鳴をあげて両手でしがみついた。

こんな死に方はいやだわ、とアガサは惨めな気分で思った。ジムのコートを自分の体にかけたかったが、座席から手を離すのが怖くてできなかった。まるで戦場にいる兵士さながら「神さま、神さまがいらっしゃるなら、どうかこの苦境から助けてください！」と必死になって祈った。

今では雨で全身がぐっしょり濡れていた。ジムが下りはじめてからどのぐらいたつだろう？　十分？　一時間？

どうして手袋をしてこなかったのだろう？　指の感覚がなくなりかけている。これ以上つかまっていられなくなったら？　片手を持ち上げ、安全バーを手探りで体の前にもう一度固定しようとしたが、座席の揺れが激しくてあきらめた。

ああ、ジェームズ。アガサは心の中ですすり泣いた。またあなたに会えるかしら？猫たちはどうなるのだろう？

そのとき、落ちていくのを感じ、長い恐怖の悲鳴をあげた。

だが、すぐにパニックは消えた。観覧車がまた動きだしたのだ。どんどん地上に近づいていく。青いライトが海岸道路沿いで点滅している。ジムは車に携帯電話を置いていた。助けを求めたにちがいない。

とうとう観覧車は停止し、数人の移動遊園地のスタッフといっしょにジムが待っていた。パトカーと救急車が並んでいる。

「すぐに病院に行ってもらうよ」ジムが言った。

「大丈夫よ」アガサは言ったが、歯がガチガチ鳴っていた。

「低体温症になっているかもしれない」

「何があったの？」

「あとで話してあげるよ」ジムは言った。

6

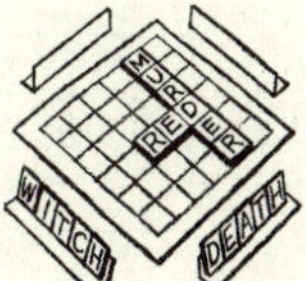

翌朝アガサはハダートンの病院で目覚めた。眠そうな女性警官トラルがベッドのわきにすわっている。

アガサは体を起こして枕に寄りかかった。「それで何があったの？」彼女はたずねた。

「観覧車を操作していた男は機械が動かなくなったので助けを求めに行ったと言ってます」

「なんですって！」アガサは声を荒げた。「そんな話、まったく信じられないわ。ずっと上に停止していたせいで、ジェソップ警部は嵐の中、観覧車を下りていかなくちゃならなかったのよ」

女性警官は立ち上がった。「目が覚めたので、供述をする元気はありますか？」

「わたしは大丈夫よ。診断はどうなの？」

「低体温症ではありませんでしたが、ショック状態かもしれません。ピーター・キャロル部長刑事を呼んできます。外にいるので」

キャロルが入ってきた。「では最初から、あなたご自身の言葉で起きたことを話していただきましょう」彼はノートをとりだした。

「他人の言葉で話すことなんてありえないわ」アガサは不機嫌に言い返すと、ちょうどてっぺんに着いたときに観覧車が停止したことを簡潔に描写した。「嵐で何もかも見えなくなる直前に、下の移動遊園地の照明が消えるのが見えた。みんな帰り支度をして、わたしたちを残したまま出ていくみたいに見えたわ」

「とりあえずこれぐらいでけっこうです」キャロルはノートを閉じた。

「帰ってもいい？」

「それは病院とあなたで決めてください」

「じゃあ、看護師を寄越して！」

キャロルが出ていき、入れ替わりに看護師が入ってくると、アガサは退院したいと告げた。さんざん医師が来るまで待たされ、さまざまな書類にサインしてから、ようやくまだ湿った服が返された。せめて乾かしておいてくれてもいいのに、とアガサは憤慨した。

病院を出ると、雨がしとしとと降っていた。頼んだタクシーを待つあいだ体に力が入らず震えていたが、どうしてもホテルに帰るつもりだった。処方された精神安定剤をとりだすと、病院の入り口わきのゴミ箱に捨てた。アガサの経験では、どんな精神安定剤を飲んでも、あとからショックと惨めさが襲ってくるものなのだ。

タクシーが到着して、短い距離を走りガーデン・ホテルに到着した。まっすぐ部屋に上がると熱いお湯をため、服を脱ぎ、バスタブに浸かりながら、フランシーの親戚たちはフランシーの死に関係していたので、警部を亡き者にしようとしたのだろうかと考えた。だがタオルで体をふきながら、それでは筋が通らないという結論を出した。移動遊園地の人々は、もしもジムが殺されたら事件が解決するまで捜査のために警察が頻繁に出入りするばかりか、いずれ殺人罪で告発されることを知っているはずだ。

空腹なのに気づき時間を見るとランチの時間だった。ダイニングルームに下りていった。

他の人々は食事を終えかけていた。「ゆうべはあなたを探していたんだよ」提督が声をかけてきた。

「もう少しで死ぬところだったの」アガサは言った。観覧車での冒険について語っても、たぶん、彼らはその話題に耳をふさごうとするだろうと半ば予想していた。しかし、全員がアガサのテーブルを取り囲み、詳細を聞きたがった。

「もしかしたら復讐かもしれん」アガサが話し終えると提督が言った。

「何の？」

「ああ、たしかジェソップがあの移動遊園地を手入れして、ココナッツを的に糊《のり》づけしていたことと、ライフルの照準を曲げたことでロマたちを逮捕したんだよ」

アガサはがっかりした。「ゆうべの連中の行動は殺人事件と関係があるんじゃないかと期待していたんだけど」

「ワイカーデンの映画館で『タイタニック』をやっているんだ。みんなで行こうかと計画していた」

「いいわね」アガサは疲れたように答えた。この連中は絶対に殺人事件について話題にするつもりがないのだ。長い映画にのめりこんでこういう騒動や殺人事件のことを忘れるのもよさそうだ。「いつ行く予定なの？」

「マティネに行くつもりだ。年金生活者には特別割引してくれるんだ」

「わたしは当てはまらないけど」アガサはそっけなく言った。

「おやそうなのか」アガサは提督の老いた顔に悪意が浮かんでいるかどうかすばやく確認したが、何も表れていなかった。

食事に戻り、アガサは皿の真ん中に慎重に線を引くと、半分だけ食べた。あるとき、読書のレベルを上げようとして、ミュリエル・スパークが書いた本を読んだことがある。そのヒロインは皿のものをすべて半分だけ食べれば、体重を落とせることを発見した。それはきわめて賢明なやり方に思えたし、このホテルの半量はふつうのホテルの全量に匹敵するので、空腹を感じることもなさそうだった。

コーヒーを飲み終えたときに老ハリーがドアからのぞいて、そろそろ出発すると声をかけた。アガサはハリーとデイジーといっしょに一台のタクシーに乗り、提督はメアリーとジェニファーといっしょに前のタクシーに乗っていた。

途中、デイジーがアガサの腕をぎゅっと握ってささやいた。「あとで部屋に来て。相談したいことがあるの」アガサはうなずいた。やっと！　沈黙にひびができたようだ。

映画館は遊歩道の中ほどにあり、老人たちで混み合っていた。スクリーンの前方で煙草の煙が立ち上っている。まあ驚いた、まだ喫煙を許可している映画館なのね。ハンドバッグに手を入れて煙草を探そうとして、ジムと出かけているあいだ一本も吸わなかったし煙草のことすら考えなかったということに気づいてびっくりした。ハンドバッグを閉めて、地元のビジネスの宣伝をしているスクリーンに集中することにした。

映画は九〇年代の価値観を歴史的できごとと無理やり合体させたことでだいなしになった、よくあるアメリカ映画だった。ヒーローはあまりにも若くてアガサは興味をそそられなかった。しかし特殊効果はすばらしかった。実際、アガサはタイタニック号が氷河に衝突したとき、足下に水があふれてきたのを感じたほどだ。そのとき悲鳴や罵りの声があがった。実際に足下に水があふれていたのだ。

「いつになく高潮のようだな」提督が言うのが聞こえた。「裏口から出たほうがよさそうだ」

観客たちはぞろぞろ出ていったが、意志堅固な少数の人たちは足を前の座席にのせて映画を観続けていた。全員が土砂降りの雨の中に出た。

「海を見て」ジェニファーが言った。「どっちみち濡れそうね」

彼らは横町を歩いて遊歩道に向かった。大きな波が遊歩道に打ち寄せ、通りの方まで水があふれている。

「こういうことはよくあるの？」アガサがたずねた。

「ときどきね」メアリーが言った。「あの映画館の土台がまだ流されていないほうが奇跡だわ」

彼らは裏通りを歩いてホテルをめざした。「ホテルも浸水するかしら？」アガサがたずねた。

「海は埠頭沿いだとそれほど荒れたことがないよ」ハリーが言った。「それにスタッフがいつも土嚢《どのう》を積んでいるからな」

ホテルに通じる横町を歩いていった。「あれを見て！」アガサが叫んだ。巨大な波が埠頭のはずれのダンスホールの上で砕けたのだ。「あんなふうに波にたたかれたら、もたないんじゃないかしら」

「じきに潮が引くよ」提督が言った。

たしかに土嚢がホテルの正面に積まれていた。アガサは部屋に上がっていくと乾いたタイツと靴にはき替えた。みんないかにもイギリス人よね、と足を乾かしながら思った。誰一人お金を返せと要求しなかったわ。映画館は町の高台に建設するべきだ、という提案を新聞に投稿する人なんて一人もいないにちがいない。みんなこう言うに決まってる。「こういう天候はよくあることだ。長くは続かない、文句を言ってはいけないよ」

ドアがノックされた。アガサはスリッパをはいてドアを開けた。デイジーが立っていた。

「ああ、話があるって言ってたわね」アガサは期待をこめて言った。「どうぞ入ってちょうだい」

デイジーは部屋に入るとドアを閉めて窓辺の椅子にすわった。「ひどい雨ね」ぽつりとつぶやいた。

「お茶か何かを飲む？」アガサはたずねた。

「いいえ、ただ話がしたかったの」

アガサはベッドにすわった。「じゃ、話してちょうだい、デイジー」

デイジーはまた土砂降りの雨に視線を向けた。「映画は楽しかった？」

「水があふれるまではよかったわ。そのことを話したいの？　映画について？」

「いいえ、もちろんちがうわ」デイジーはスカートをそわそわと引っ張った。ずいぶん神経質になっているのね、とアガサは思った。殺人事件に関することにちがいないわ。

アガサは辛抱強く待った。やっとデイジーが口を開いた。「ゆうべ提督と飲みに行ったでしょ」

「とんでもない」アガサはむっとして言った。「ゆうべは観覧車のてっぺんで凍え死にしかけてたわ」

「ごめんなさい。忘れてたわ。もちろん、金曜日の晩よ。あなたが提督と出かけていくのを見たわ」

「一杯飲んだだけよ」

デイジーは両手を組むとアガサをすがるように見つめた。「彼のことを好きなの？」

「ライチ提督？　いいえ、まったく。わたしには年をとりすぎてるわ」

「だったら、どうして彼と出かけたの？」

「殺人事件について訊きたかったのよ。ねえ、デイジー、殺人事件が二件もあったのに、誰もそれについて話題にしないってとても妙だと思うんだけど」

「殺人なんてレディが口にするようなことじゃないわ」デイジーはすまして言った。

アガサは憤慨しながらデイジーを見た。「話ってそのことなの？　わたしに提督に近づかないように警告すること？」

「そんな――」

「ねえ」アガサは口調をやわらげた。「あなたは提督にお熱だから、わたしに彼を奪われるかもしれないって考えているんでしょ」

「そうよ」

「でも、提督はわたしには何の興味も抱いていないわよ」

「だけど、あなたたちが埠頭を歩いていくのを見たけど、彼はあなたの腕をとっていたわ」

「提督は紳士なのよ。紳士ならすることでしょ。それだけよ。いつから提督に夢中になっているの？」

「何年も前からよ」デイジーは悲しげに言った。

「一杯どうかって誘ってみようと考えたことはないの？」

「あら、まさか、そんなことできないわ！」

「どうして？」

「レディがすることじゃないもの」

「今は九〇年代よ。レディからだって誘うわ」アガサは言った。「そうそう、ギルバート・アンド・サリヴァンはハダートンに移動したわ。チケットを二枚手に入れて、友人からもらったんだけど、よかったらいっしょにどうって言ってみたら？」

「やってみるわ」デイジーは目を輝かせた。

「雑誌を読んだことがある？」アガサは好奇心からたずねた。

「ええ、新聞の付録とか、ときどき〈グッド・ハウスキーピング〉（家庭実用誌）は読むわ」

「〈コスモポリタン〉は？」

「いいえ。どうして？」

「ちょっと思っただけ」アガサは最近の女性誌に掲載されているセックスについてのみだらな記事について考えていたのだった。「試してみて、デイジー。少なくとも彼と二人きりで夜を過ごせるわよ」

デイジーが帰ろうとしたときに電話が鳴った。ジムだった。下に来ているので会いたいと言ってきた。

アガサは手際よくメイクをやり直して、スリッパの代わりにハイヒールをはくと下に行った。

「具合はどう？」ジムはいつもアガサを舞い上がらせる、あの温かい笑みを浮かべてたずねた。

「元気そのものよ」アガサは陽気に言った。「でも濡れる運命みたいね」彼女は映画館に行ったことを話した。

「ラウンジに行って、一杯やろう」ジムが言った。「ちょっとのぞいたら、誰もいなかったから」

二人はラウンジに行き、暖炉の前にすわった。「興奮するニュースがあるんだ。出頭してきた人間がいるんだよ」

「殺人犯をつかまえたのね！」ウェイターが現れると、ジムは飲み物を注文した。彼が行ってしまうと、ジムは言った。「いや。殺人犯じゃない。三流役者がフランシーとジャニーンのために霊の声を演じていたと自供したんだ。彼女たちに演じてほしい声を説明されていたらしい。フランシーが町はずれに借りていたガレージにはたくさんの音響システムが保管されていた」

「その男は逮捕されたの？」

「ああ、詐欺の共犯でね。しかし、おそらく罰金刑ですむだろう。悪いことをしているとは知らなかったし、お金が必要だったらしい。ハダートンのレパートリー劇団に所属しているんだ」

「男は二人をよく知っていたの？　つまり、二人とも殺したい人間について何か手がかりを与えてくれた？」

「いや残念ながら。その男はかなり高齢で、長年にわたって二人のためにときどきちょっとした仕事をしてきたんだ。お金が必要だったし、彼の目から見れば、降霊会も別の形の劇場だったと言っている」

「ずっとそのことについて考えているの。答えの出ない疑問があまりにも多いのよ。最初の殺人に戻ると、どうしてフランシーの家のドアは鍵がかかっていなかったのか？　クリフにそれについて訊いてみた？」

「彼はそのことはまったく知らないと言っている。でも、ここは通常はとても安全な町なんだ」ジムはにやっとした。「というか、あなたが来るまでは、と言ったほうがいいかな。ドアに鍵をかけない人はたくさんいるよ」

「そう。でもフランシーは殺されるような何かをしていたんじゃないか、っていう気がするの。しかも、金庫に現金をしまっていたでしょ」

「忘れてるよ。彼女はこの町では魔女だという評判だったんだ。ふつう、魔女に近づこうとする人間はいないよ」

アガサは眉をひそめた。「頭の隅でずっと気になっていることがあるのよ。ちょっと待って。わかった！　最初にフランシーが記録をつけていたと言ったときに、ホテルの宿泊客たちが何を相談したか話してくれたでしょ。ジェニファーは惚れ薬をもらった、と言ってたわよね」

「ああ。それが何か？」

「だけど、あのジェニファーなのよ。彼女は実際にはメアリーと結婚しているようなものだわ。どうして惚れ薬が必要なの？　彼女にたずねてみた？」

「いや、訊かなかった」ジムはのろのろと言った。

「わたしになら話すかもしれない」

「わたしたちのことを話そうよ」ジムは片手をアガサの手にのせた。「この事件が終わって、あなたがわたしの人生から消えてしまうのはいやなんだ」

「でも、また会いに来るわ」

「もっと永続的な関係を考えているんだけど」

アガサはこれがジェームズ・レイシーの言葉だったらと残念に思った。彼こそ、わたしの手をとって、もっと永続的な関係を提案するべきだったのよ。

「もう少し時間をかけない、ジム？　あなたのことは大好きだけど、もう少し時間が必要なの」

「わかった、気楽に考えるよ」ジムは少し顔を赤くした。「それはわたしの失敗のせいじゃ……」

「いえいえ、ちがうわ」アガサはあわてて否定した。「そっちのほうはすぐに元どおりになるわよ」

「たくさん経験があるのかい？」彼はうらやましそうにたずねた。

「ほとんどないわ。でも女性はお互いに打ち明け話をするものなの、男性とちがって」

「じゃあ、心配しなくて大丈夫そうだ。ところで、あなたのコートをだいなしにした娘が有罪になったよ」

「どのぐらいの刑?」

「六十日の社会奉仕と五十ポンドの賠償金の支払いが命じられた」

「何ですって!　あのコートには大金を払ったのよ」

「残念ながら判事のミセス・ビールはベジタリアンで毛皮のコートに反対なんだ。警察署にコートをとりに来てかまわないよ」

アガサは身震いした。「もう二度と見たくないわ。あなたが持っていて、ジム。慈善団体にでも寄付して」

「コートを調べてみたけど、ペンキを落として縫い合わせれば大丈夫だよ」

「そんな手間をかける価値はないわ。また誰かに襲われるでしょうし。昔、あのコートはわたしにとって大きな意味があったの。あれを手に入れるために必死で貯金したのよ」

「毛皮はコートのライナーにできるよ」

「いいえ、あなたにあげる。誰かにあげて」

「わかった。今度の日曜はどう?　今回の殺人事件のせいで時間がとれるかどうかわからないけど、もう警視が責任者になったから、わたしはサブに回るつもりなんだ」

「そのことは気にならないの？」アガサは興味深げにたずねた。

「いいや、こういう大事件のときはよくあることなんだ。マスコミ連中にしつこくつきまとわれるから、事件を解決するのに全責任を負わなくてすんでほっとしているよ。さて、そろそろ仕事に戻らなくては」


アガサは遊歩道を歩いていった。潮は引いていた。防波堤に出て眺めた。砂浜は打ち上げられた流木やゴミで散らかっている。コークの缶、プラスチックカップ、ビニールの包み紙、それに現代文明のあまりうれしくない品々。まるで海が人工物を浜辺にそっくり吐きだしたかのようだ。

そのとき、ゴミのあいだを縫うように歩きながらやつれた様子の白猫がやって来た。フランシーの猫かしら？　アガサは浜辺に下りる石階段に近づいていった。

その猫は彼女の方に近づいてきて立ち止まった。痛々しいほどやせていて、白い毛はもつれて汚れている。

「まあ、かわいそうに」アガサは言った。しゃがんで片手を差しのべた。「猫ちゃん、猫ちゃん」

猫はかすれた声でニャアと鳴いた。アガサは湿った毛をそっとなでた。

それから猫を抱き上げるとホテルに向かった。

ミスター・マーティンはアガサがフロントの前を通りかかると、厳しい声で言った。

「ペット禁止です」

「少しのあいだだけよ」アガサは弁解した。「ね、何も汚さないようにするし、ホテル代も全額払うわ」

ミスター・マーティンはためらった。コートの賠償のためにホテル代を持つと提案したことを後悔していたのだ。それに、第二の殺人が起きたので、アガサ・レーズンはいつチェックアウトするかわからなかった。

「わかりました」ミスター・マーティンは言った。「ただし、これは例外的な状況だと他の方に伝えてください」

アガサは猫を部屋に連れていった。受話器をとりあげ、ミルクと缶詰のツナを注文した。

それが運ばれてくると、猫はがつがつ食べた。出かけていって、トイレと砂とえさを買ってきたほうがよさそうね、とアガサは思った。

彼女はフロントに行き、レンタカー会社の名前を訊き、タクシーを呼んでレンタカー会社まで行った。小型の黒いフォード・フィエスタを選び、町の中心部に運転していき、ペットショップはどこかと訊くと、そういう店はないが、ほとんどのものはスーパーで買えると教えられた。缶詰のペットフード、トイレ、トイレ用の砂、ブラシを買いこんだ。

すべての荷物を部屋に運びこんでみると、猫はベッドの真ん中にいてせっせと毛づくろいしているところだった。「どう呼んだらいいかしらね」アガサは言った。「何か呼び名をつけないと。それにおまえをどうしたらいいかしら。家を見つけてあげないといけないわね。おまえを連れ帰ったらボズウェルとホッジに悪いし。ねえ、おまえは穏やかで友好的な性格なの？　わたしに飛びかかってくるような凶暴な猫じゃないでしょうね」猫に話しかけながらすわると、ブラッシングしてあげた。猫は心地よさそうに体を伸ばし、喉をゴロゴロ鳴らしている。「そうだ、スクラブルがいいわ。ワイカーデンのことを考えるときはいつもスクラブルのことを思い出すでしょうからね」

猫をブラッシングしながら、アガサはジェニファーのことを考えた。どうやったら彼女一人と話せるかしら？　いつもメアリーといっしょみたいだけど。

翌日、その問題を解決してくれたのはジェニファーのほうだった。アガサがダイニングルームに入っていくと、彼女が一人で朝食をとっていたのだ。

「メアリーはどこなの？」アガサはたずねた。

「軽い偏頭痛がするんですって。このところずっと症状が出なかったんだけど。薬を飲ませたわ。ちょっと眠れば元気になるでしょう」

「ごいっしょしてもいいかしら？」

「どうぞ」

アガサはすわった。「あなた、朝刊に載ってるわよ」ジェニファーは言った。「観覧車から降りられなくなったことが詳しく書いてある。移動遊園地の人たちは観覧車が壊れたって主張しているけど」

アガサは朝刊を広げてあるサイドボードに歩いていき、〈ハダートン・ガゼット〉を手にとった。テーブルに戻り、ニュースページを広げた。

「ずいぶん控えめな書き方ね」アガサは新聞を置いた。「ジムは嵐の中、観覧車のてっぺんから地上まで下りなくちゃならなかったのよ。足を滑らせて命を落としていたかもしれないわ。わたしは凍死していたかもしれない」

「このあたりのロマのことはみんな怖がっているのよ」ジェニファーは言った。「警察はいつもたいしたことはしてくれない。ジム・ジェソップだけがときどき彼らを取り締まっていたの。おそらく軽い罪ですむでしょうね。安全管理官が観覧車を点検して、もっと注意するようにとお説教されてそれで終わりよ。ねえ、アガサ、〈マークス&スペンサー〉にいっしょに行ってもらえないかしら。あなたに見てもらいたいパンツスーツがあるの」

「かまわないわよ。今朝はやることが何もないから」

朝食がすむと、二人はアガサの車で出発した。「雨の中を歩いたり、タクシーを拾うことにうんざりしちゃったの」アガサは言った。

彼女は〈マークス&スペンサー〉の隣にある、町の中心の駐車場に乗り入れた。

「そこよ」ジェニファーは先に立って鮮やかな色合いの服の列のあいだを抜けていった。

アガサは首をかしげた。「うーん、あまり賛成しないわ。小粋だけど、ちょっと男っぽいわよ。ただ……あなたは男っぽいものが好きなの？」

「あまり。だけど、わたしはきれいじゃないし、年をとっているから」

「新しいものにトライしてみない？」

「顔が明るく見えるものなら何でもいいわ」

アガサは上等な黒のウールのスカートと淡い黄色のシルクのブラウス、長い黒のベルベットのベストを選んだ。「少し髪を伸ばしているのね」アガサは言った。「似合うわ、少し長いほうが。それに……あの……こんなこと言うと悪いけど、ちょっと毛深いわよね」

「それはどうしたらいいの？　ジェロームのところにまた行くべき？」

「いいえ、〈ブーツ〉に行って、脱毛剤を買いましょう」

だが〈マークス＆スペンサー〉を出ると、ワイカーデンの高級デパートがメイク相談をしているというポスターが目に入った。「あれを試しましょう。わたしも何かアドバイスしてもらいたいわ」アガサは提案した。

一時間後、それぞれ新しい化粧品の袋を抱え、新しくメイクした顔で、二人はデパートのレストランにランチをとりに行った。アガサは禁煙の掲示を見て、ため息をついた。その掲示を見ただけで、煙草を吸いたくなる。

「男性に興味を持ったことはないの？」アガサはぶしつけにたずねた。ジェニファーは口に運びかけていたサラダを刺したフォークを宙で止めた。

「ときどきはね」彼女はこわばった声で言った。「言っとくけど、わたしはレズビアンじゃないわよ」

アガサは正面からぶつかることにした。「あなたがフランシーに惚れ薬を注文したって、ある人が言っていたから」

ジェニファーは怒ったようにサラダをもぐもぐ噛んだ。

「ある人っていうのは、あの警部でしょ」

「実はそうなの」

「警察は相手が誰であろうと噂話をするべきじゃないわ」

「わたしはジムの親しい友だちなの。つい口が滑ったのよ」

「まあ、話してもかまわないわ。夏とイースターにはホテルにお客たちがたくさんやって来る。その中に引退した医師がいて、とても魅力的だったの。奥さんに先立たれた人でね。よくいっしょに散歩をしたわ。わたしは彼にすっかり夢中になってしまった。彼の滞在が終わりかけると、自分にもっと関心をもってもらうために何かしなくちゃ、って思ったのよ」

「効き目はあった？」

「効果を確かめる機会はなかったわ。惚れ薬のことをメアリーに打ち明けちゃったの。ぞっとすることに、彼女はそれを彼にしゃべって冗談の種にしたのよ。『飲むものに用心したほうがいいわよ』とかなんとか。彼はすごく当惑していた」

「そうでしょう」アガサは力なく言った。

「翌日、さよならも言わずに出発してしまった。メアリーとすごいけんかをしたわ。彼女はヒステリーを起こして泣いて、わたしを失うのが怖かったんだと言い訳した。だから、許すしかなかった。長い間ずっといっしょにいたから」

「なんてことかしら。メアリーがそんな人だとは思ってもみなかった。つまり、申し訳ないけど、てっきりあなたがメアリーを他の人とつきあわせないように束縛しているんだと思っていたの。仕事先で友だちが一人もできなかったのは、あなたがいつも迎えに来ていたからだ、って言ってたから」

「ちがうわ！」ジェニファーは皿の上のレタスを突いた。「どうしてこういうことが起きるの、アガサ？　わたしは魅力的な女性じゃなかった。メアリーが神経症になったときに世話をしてあげたら、自分の人生を取り戻してくれた、って心から感謝されたわ。それまでわたしを評価してくれた人は誰もいなかったの。彼女はわたしとちがってとても頭がよかった。どんなことでもこなしてしまう、とても優秀な人間の一人なのよ。メアリーは優秀なコンピュータープログラマーだったわ。だけど、オフィスの人には嫌われていた。それが真相よ」

「どうして？」

「一度、オフィスのパーティーに行ったときに、男性社員の一人に、陰険な計略を練ってあれこれ画策するのをメアリーにやめさせるべきだ、って忠告されたの。彼女はとても頭がいいけれど、自分に自信がないので、いつも仕事を失うんじゃないかって恐れていた。だから優秀な人が現れると、悪い噂を広めたの。真実に近いけどダメージを与えるような毒のある噂をね」

「だけど、どうしてあなたは彼女を捨てなかったの?」

「メアリーはわたしを求め、必要としていたから。そういう人は他にいないわ。わたしが去ったら、彼女は自殺するだろうし、わたしはそのことで良心の呵責に耐えられないでしょう。ジョセフ・ブラディのことであんなに腹を立ててごめんなさい。でも、メアリーからあなたに無理やり連れていかれたうえ、夢を抱いているなんて馬鹿だと言われたと聞いたのよ」

「そんなことはひとことも言ってないわ!」

「あなたを信じるわ」ジェニファーはため息をついた。「彼女はわたしたちがいっしょに外出することが気に入らないでしょうね。だから、わたしに、それから他の人たちに、あなたのことでいろいろ言いはじめるでしょう。すでにデイジーにあなたが提督をひっかけようとしているとささやいているわ」

アガサは椅子に寄りかかり、ジェニファーを見た。「だけど、あなたたちは親友同士だと思っていたわ！」

「親戚みたいなものなの。わたしたちにはお互いしかいないし、年をとっている。あなたは老人ホームに来ちゃったのよ、アガサ」

「もうひとつ気になっているのは、誰も殺人事件について話題にしないことよ。どうしてなの？」

「デザートにチョコレートケーキをいただいてもいいかしら？」

「いいんじゃない。あなたはスリムだもの。わたしの質問に答えてないわよ、ジェニファー」

「ああ、そのこと。それについては口にするべきじゃないって感じているんだと思うわ」

「不作法だから？」

「それは言い訳よ。いいえ、全員がわたしたちのうちの誰かが犯人だと確信しているせいよ」

アガサはまじまじとジェニファーを見つめたが、彼女は平然としてチョコレートケーキを注文していた。「あなたはどうする、アガサ？」

「いただくわ。煙草を吸えないなら、何か慰めになるものがほしいもの」

ウェイトレスは注文をとって去っていった。

「あなたたちのうちの誰かだって、どうして思うの？」アガサはたずねた。

「ただの勘よ」

「誰がやったと考えているの？　あれほどの力があるのは誰かしら？」

「たいした力は必要ないわよ。怒りと恐怖に駆られれば誰にだってできるわ」

「メアリーはどう？」

「メアリーがやったなら、取り乱して、わたしに告白したでしょうね」

「提督は？」

「もしかしたら。でも、どういう理由で？」

「デイジーは？」

「知恵も力も足りないわよ」

「ハリーは？」

「ああ、ケーキが来たわ」アガサは辛抱強くウェイトレスがいなくなるのを待った。

「ハリーについて質問していたんだけど」

「可能性はあるわね。彼はとても癇癪《かんしゃく》持ちだから。フランシーが亡くなった奥さんの霊を呼びだしたとき、彼は心から信じていたの。だけど、そこでフランシーはへまをやった。ハリーは常連客だったし成功にうぬぼれたのね。フランシーは少し演出過剰になって、ソックスをなくすことで霊にハリーをからかわせたのよ。でも、彼はソックスにはとても几帳面なの。いつも黒いソックスを買って絶対に他の色のものは買わない。しかも、必ずきちんとペアにしている。それで彼は霊にたずねた。『わたしの赤いソックスの片方はどうしたかな？』って。霊は赤いソックスは洗濯のときになくなったんじゃないかと答えた。それで、ハリーはさらにいくつかひっかける質問をした。彼がフランシーを警察に詐欺罪で告発したので、彼女の家は捜索されたけど、何も発見できなかった。警察が行く前に誰かがフランシーに情報をもらしたにちがいない、とハリーは大騒ぎしたわ。彼女を殺してやる、といきまいていた」

「まさかハリーが！」アガサは背中が丸くなり亀そっくりの顔をしたハリーを思い浮かべた。

「彼はがっしりした腕をしているわ」ジェニファーは平然としてケーキをフォークで刺した。

「だけどデイジーは降霊会を信じていたわ」

「最初はね。でも、もう信じていないわよ」

「じゃ、どうしてわたしをフランシーのところに行かせたの？」

「たぶん降霊会はでっちあげだけど、薬には定評があるからでしょ」

「本気であなたたちのうちの誰かだと思っているの、ジェニファー？」

彼女は肩をすくめた。「正直に言うと、本気では信じていないわ。ただ、メアリーが降霊会を中断させたし、考えてみれば、わたしたちが彼女の生きているのを最後に見たわけでしょ。ジャニーンを」

「たいてい夫が犯人なものよ」アガサは言った。「警察だってわたしをワイカーデンにこれ以上、足止めできないんじゃないかしら。わたし、家に帰りたいの」

「彼氏の警部と別れて？」

「たぶんまた会いに来るわ」言いながらウェイトレスに手を振った。「そろそろ行きましょうか」


アガサは部屋に戻るとスクラブルにえさをやり、水のボウルを置いてやった。猫はえさを食べ終わると伸びをして、喉をゴロゴロ鳴らしながらアガサの足に体をすりつけた。

「できるだけ早く家に帰らなくちゃならないの、スクラブル」アガサは猫に言い聞かせた。「でも、おまえのことはどうしたらいいかしらねえ。おまえを追いだすなんて、クリフが殺人犯にちがいないわ」

ドアがノックされた。ドアを開くと、メアリーが立っていた。「どうぞ」アガサは言った。

「ああ、猫がいるのね。フランシーの猫じゃないの？」

「浜辺をうろついているのを見つけたの。飢え死にしかけてたわ」

メアリーはドアを閉めるとすわった。

「今日はジェニファーとずいぶんいっしょに過ごしていたのね」彼女は陽気に言った。

「ええ。頭痛はどう？」

「大丈夫よ、ありがとう。新しい偏頭痛の薬はよく効くわ。どうしてジェニファーとあんなに長く出かけていたの？」

「もう彼女に訊いたでしょ」

「ジェニファーは不機嫌だし、部屋じゅう脱毛剤のにおいがぷんぷんしているのよ。あなたには関係ないって、言われたわ。まったくジェニファーらしくないわよ。わたしたちのあいだを裂くような真似はしてほしくないわ、アガサ」

「よく理解できないんだけど。ジェニファーは独占欲が強いっていう印象を与える話をあなたはしていたでしょ。なのに、あなたから彼女を奪ったって、ふられた恋人みたいにわたしを責めている」

「わたしたちのあいだには特別な友情があるのよ」メアリーは嚙みつくように言った。「驚いたのよ、それだけ。あなたは押しつけがましい人で、わたしたちとはちがう人間だ、って言ったのはそもそもジェニファーだったから」

生まれ育ったバーミンガムのスラム街がアガサの頭に浮かんだ。無理やりそれを消すと、冷静に答えた。「それはどういう意味なのか、ジェニファーに訊いてみなくちゃならないわ」

メアリーはか細い笑い声をあげた。「彼女はたぶん覚えてないわよ。実を言うと、最近、記憶をすぐなくすようになっているの」

「つまり、あなたがでっちあげたってことね。どうか出ていってちょうだい、メアリー。ディナーの着替えをしなくてはならないから」

メアリーは立ち上がるとドアに向かいかけた。「わたしの考えていることがわかる?」メアリーはたずねた。

「いいえ、それにわかりたいとも思わない」

「あなたはジョセフのことを友人の警部から洗いざらい聞いていながら、わたしを助けるふりをして恥をかかせたんだわ」

「わたしはそういうことをしようとは夢にも思わなかった」アガサは言った。「ただし、おかげであなたの考え方がよくわかったし、まったくちがう方向から物事を見ることができたわ」

メアリーは好きになれない、とアガサは思った。あの人にはひどく邪悪なところがある。ジェニファーも同じように邪悪なのかしら？

電話が鳴った。受話器をとると、かすかに息を切らしたデイジーだった。

「わたしの部屋にちょっと来てもらえない、アガサ？　アドバイスが必要なの。今夜、提督と劇場に行く予定なのよ」

「何号室？」

「五号室よ。あなたのドアの外の廊下を左手に進んで、角を曲がってすぐ」

アガサはデイジーの部屋まで歩いていった。ドレスが部屋じゅうに散乱していた。

「全部着てみたの」デイジーは泣き声をだした。「とても寒い天気になったけど、カーディガンをはおってドレスをだいなしにしたくないのよ」

「そうねえ」アガサはベッドに積まれたドレスの山をひっかき回した。「これはどう？」淡いブルーのウールのドレスを広げた。

「あら、それがいいと思う？」デイジーの顔は暗くなった。彼女はグリーンのシークインつきのロングドレスをとりあげた。「もっとドレッシーなものがいいかと思ったんだけど」

「だめよ、それはやりすぎだわ。彼を怯えさせたくないでしょ。それに、このグリーンのシークインであなたの顔に緑色の光が反射してしまう。それは避けたほうがいいわ。ブルーのドレスを着てみせて。わたし、それにぴったり合うはおりものを持ってるわ」

アガサが戻ってきたとき、デイジーはブルーのドレスを着ていた。

「さあ」アガサは濃いブルーのラップケープを差しだした。「こんなふうにはおってみて。ポンチョみたいでしょ。布の端を両肩にかけるのよ。ほらね！」

「すてきだわ」デイジーは言った。「やさしいのね」

「それならカーディガンは必要ないわ。それはとても暖かいから。さあ、メイクももう少し抑え気味にしましょう。マスカラをつけすぎよ。まつげがくっついちゃってるわ。それからミスター・ジェロームの奥さんから買った新しいやわらかい色合いの口紅はどうしたの？」

デイジーの支度をしていたので時間がなくなり、アガサは大急ぎでお風呂に入って着替えてからダイニングルームに下りていった。老ハリーは提督とデイジーの「デート」をからかっていた。ジェニファーとメアリーはどちらも憤慨しているように見えた。提督を誘いだすという考えをデイジーに吹きこんだのがアガサだと推測したかのように。

アガサはミュリエル・スパーク風に慎重に皿の食べ物を半分にした。ヨークシャープディングのついたおいしいローストビーフで、ローストしたポテト、ズッキーニ、人参、カリフラワーチーズ、豆がつけあわせに添えられている。その半分でも、他の場所なら一人前であることにまたもや罪悪感を覚えた。

ディナーがすむと、落ち着かなくなり退屈だった。「スクラブルをするかい？」ハリーが提案した。

「そうね」アガサは憂鬱そうに答えた。

メアリーとジェニファーも加わった。確執や情熱や喜怒哀楽が水面下で渦巻いていることにまったく気づかなかったのも不思議じゃないわ、とハリーがコマを振りだすのを眺めながらアガサは思った。メアリーと言い争いをしたなんて、誰も思わないでしょうね。

ゲームに集中しようとした。ウェイターが入ってきて厚いカーテンを引き、小さな冷たい月が広大な凍てついた海を照らしている風景を締めだした。ジャニーンの夫のクリフは今どこかしら？　ジムに訊いてみなくては。週末前に彼に会う時間があるかしら？

二ゲームすると、席を立ち部屋に戻った。スクラブルから熱烈な歓迎を受けた。

「わたしを攻撃した凶暴な猫にはまったく見えないわね」アガサは言いながら、猫のやわらかい白い毛をなでた。「ボズウェルとホッジがおまえを気に入るといいんだけど。だって、もうおまえを手放すことなんて考えられないもの」

アガサが服を脱いでベッドに入ったときに電話が鳴った。デイジーだった。

「部屋に来てもらえる、アガサ？」

アガサはすぐに行くと答えた。化粧ガウンをはおるとデイジーの部屋に歩いていった。

「どうだった？」デイジーのベッドにすわってアガサはたずねた。

「とても楽しい時間を過ごしたわ」デイジーは言った。「それに彼は心から感謝してくれた。ただ、どこかで一杯どうかしら、って誘ったんだけど、疲れたと言って断られたの」デイジーの唇は失望でへの字になっていた。

「提督みたいな男性は招待を返すのが礼儀だと感じるタイプだと思うわ。これまであなたとは友人としてつきあってきたでしょ。別の視点からあなたを見るには時間がかかるの」

「ああ、あなたの言うとおりね……そうそう、劇場で彼の腕にもたれたんだけど、腕を引かなかったのよ」

おおげさね、とアガサは皮肉っぽく思った。たぶん彼は気づきもしなかったのよ。

デイジーにおやすみと言うと、部屋に戻った。ふとあることを思いついた。電話をとり、フロントに電話した。「まだみなさんスクラブルをしているの？」アガサはたずねた。

「ええ、ラウンジにいらっしゃいます」眠たげな夜間フロントスタッフが言った。

「ライチ提督もいっしょ？」

「ええ、提督は二階に上がってから、また下りてこられて参加されました」

「ありがとう」アガサは受話器を置いた。

かわいそうなデイジー。

7

それから数日間はアガサにとっては平穏だった。ただしデイジーは別だ。他の人々は彼女を避けているようだった。土曜には、またジムと会える日曜を心待ちにしていることに気づいた。ミセス・ブロクスビーに電話して、ジェームズは自分がいなくて寂しがっている様子かとたずねた。ミセス・ブロクスビーはためらった。ワイカーデンまでわざわざ車で行ったらアガサは警部と出かけていた、と腹を立てたジェームズから報告を受けていたのだ。アガサの質問からすると、ホテル側はジェームズの訪問を伝えそこなったようだ。その警部はよさそうな人だし、ジェームズ・レイシーを追いかけるのは完全な時間のむだだとミセス・ブロクスビーはかねがね思っていたので、こう言ってその質問をはぐらかした。

「そうねえ、ジェームズがどういう人かは知っているでしょ」それをジェームズは自分にまったく関心を示していないという意味だとアガサは解釈した。

ミセス・ジェソップになれたらすてきでしょうね。結婚している女性に、妻に。猫たちと孤独に残りの人生を過ごしたくなかった。そこで急いでカースリーに帰らずに、そのまま滞在することにした。家に帰ると警察に告げることもできただろう。住所と電話番号を伝えれば、警察はいつでも彼女に連絡をとることができるのだから。

土曜日に散歩に出かけた。猛烈に寒い日だった。朝の霜がまだ融けていない。ホテルの外では霞《かすみ》のような雲に隠れた小さな赤い太陽がガラスさながらの海を照らしていて、鉄の手すりにおりた霜がきらめいている。

アガサは埠頭を歩いていき、冬のあいだは閉まっている売店を通り過ぎた。ワイカーデンは夏になると生気を取り戻すのかしら？　暖かい太陽が出て、どの売店でもバケツと熊手、絵葉書や綿菓子を売っているんだろうか？　身にしみる寒さがあらゆるものを凍りつかせているような、こういうひっそりした日に夏のにぎやかな様子を想像するのはむずかしかった。

アガサは提督の長身の姿を見つけた。ジャニーンがころげ落ちた手すりのそばに立ち、水の中をのぞきこんでいる。

「おはようございます。提督」

彼は振り向いた。「おはよう、アガサ。雪の予報だな」

アガサは彼のわきで足を止めた。「奇妙な土地ね、ワイカーデンって。ありとあらゆる天候になるけど、暖かい日差しとは無縁だわ」

「去年はすばらしい夏だったよ。部屋用に扇風機を買わなくてはならなかった。とても暑かったんだ」

「想像できないわ」

「ここに立っているときに、若い頃の夏をよく思い浮かべるんだ。まったくちがう世界だった。もっと安全な世界だったよ」

「殺人事件もなく？」

「たぶん、あっただろう。もちろん、あった。しかし、殺人事件が起きるのはわれわれのような人間ではなく、別の人間のあいだでだった」

わたしはかつて「別の人間」の一人だった、とアガサは思った。今も心の底ではそうだわ。でも彼女は沈黙を守り、ただ海を眺めていた。

「車を借りたようだな」提督が言った。

「ええ、ふだん車を運転しているし、どこに行くにも歩くのにうんざりしちゃったので」

「実は、ここことハダートンのあいだに熱々のスコーンとバターを出してくれる店があるんだ。熱々のスコーンとバターにはうってつけの日だよ」提督はうっとりと言った。

「何も予定はないわ。行きましょう」

「それはいいね！」提督はアガサの腕をとり、二人は埠頭を戻っていった。アガサはホテルを見た。ガラスで赤い太陽がちらっと反射した。またもや双眼鏡で見られているにちがいない、と思った。

「他の人たちも誘ったほうがいいかしら？」アガサはたずねた。

「放っておこう。ランチのときに会えるんだから」

二人はアガサの車に乗りこんだ。提督の指示に従ってハダートンへの道を走りだした。「そろそろだ」とうとう提督が言った。「その坂を上ったところだ」

「農場だわ」

「お茶なんかを出しているんだよ」

アガサの小型車は農場に通じる道をガタゴトと進んでいった。「ワイカーデンよりも、霜が多いみたいね」白い野原を見ながらアガサは言った。

「海辺のほうが少し暖かいが、たいしたちがいはない」

「予報では本当に雪って言ってたの？」アガサは農場の前に車を停めながらたずねた。

「シベリアから寒冷前線が近づいているそうだ」

「いつだってシベリアから寒冷前線が近づいている気がするわ」アガサはつぶやいた。

「寒冷前線は向こうで止めておいてくれればいいのに」

「向こうが寒冷前線を送りこんでくる理由は、われわれが天候について文句を言うのが好きなことを知っているからだよ。天候はイギリス人のいちばんお気に入りの話題だからね」

「ともかく殺人よりは無難な話題ね」

二人は車から降りた。ノックをすると年配の女性がドアを開けた。「あらまあ、提督。お久しぶりですね」

「ミセス・レーズン、こちらはミセス・ダンウィディだよ。ミセス・ダンウィディ、ミセス・レーズンだ」

アガサは彼女と握手した。ミセス・ダンウィディはきれいにパーマをかけた灰色の髪に、皺だらけの顔、びっくりするほど青い目をしていた。サファイアを思わせるとても青い色だった。

「ミセス・レーズンを客間にご案内してください。行き方はご存じでしょ」ミセス・ダンウィディは言った。「火がよく燃えていますよ」

アガサは提督のあとから、観光パンフレットから抜けでてきたみたいな居心地のいい部屋に入っていった。梁の走る低い天井、馬具、チンツの布、ブルーと白の板でできた食器棚、古めかしい壁をくりぬいた暖炉ではぜる薪。その部屋は小さなレストランとして使われているようだった。テーブルが五つあり、ウィンザーチェアが置かれていた。二人はコートを隅のフックにかけた。

「最高だな！」提督は両手をこすりあわせながら言った。「ここでは煙草も吸えるよ」

そして気づいたときには、アガサは煙草のパックをとりだして、一本に火をつけていた。

やれやれ、また吸っちゃった。でも、煙草を消そうとはしなかった。

ミセス・ダンウィディが入ってきて蓋つきの皿をテーブルに置き、ストロベリージャムと皿にのったバター、濃厚な黄色のデヴォンシャー・クリームのボウルをそのわきに並べた。「お茶を持ってきますね」彼女は言った。

「この夢みたいな場所はどうやって見つけたの？」アガサはたずねた。

「ある夏に、とても長い散歩に出かけたんだ。体を鍛えようと思ってね。そしてたまたま見つけたんだよ」

ミセス・ダンウィディがバラをあしらった厚手の陶器のポットに入ったお茶を運んできて、にっこりすると立ち去った。

「これを食べたあとじゃランチが入らないわ」アガサは皿をとりあげ、温かいスコーンの山を眺めながら言った。

「ときどきホテルから逃げだすのはいいものだな」提督は言った。

アガサは興味しんしんで彼を見つめた。「お互いにうんざりすることはないの？」

「ホテルの仲間でかい？　あると思うよ。しかし年をとって一人きりになりたくないし、一種の家族みたいになっているんだろうね」

「奇妙な組み合わせよね。というか、今回の殺人事件のせいで妙に感じられるのかしら。劇場では楽しめたの？」

「ああ、とても。誘ってくれたとは、デイジーは実に親切な人だ」

「いっしょにいて楽しい方ね」アガサはデイジーをほめることにした。

提督は笑った。「デイジーはわたしが言うことすべてに同意するんだ。そういうのが大半の男性は好きなんだろうが、わたしの妻は非常に独立心旺盛だったのでね、むしろあなたみたいに。そういう女性のほうが好みなんだよ」

残念、かわいそうなデイジー。

「デイジーは実はとても恥ずかしがり屋で、自分に自信がないんだと思うわ。本当は強い人なんじゃないかしら」

「しかし依存心が強いよ。上演のあいだずっとわたしに寄りかかっていたんだが、むっとするような強烈な香水をつけていてね。息が詰まりそうだった」

デイジーに惚れ薬を貸してあげられるかしら、とアガサは思った。

「わたしはギルバート・アンド・サリヴァンが大好きなんだ。今夜は『ペンザンスの海賊』をやっているんだが、いっしょに行かないかね？」

「二人だけで？」

「ああ、あなたさえよければ」

アガサはためらった。それから答えた。「わたしは観光客だし、よそ者だから、他の人たちが腹を立てるかもしれないわ。なんていうか、仲間はずれにされたと感じる人もいるかもしれない」

「じゃあ、知らせなければいい」提督はもうひとつスコーンをとりバターを塗った。

「そんなこと、できるかしら？」

「わたしがチケットをとろう……このクリームをもっとどうだい？」アガサは首を振った。「開演は八時だ。あなたはそこまで車で行ってくれ。わたしはタクシーで行き、向こうで落ち合おう」

アガサはまたホテルで夜を過ごすことを考えた。「いいわ、話に乗るわ」彼女は答えた。

その晩アガサは暖かいセーターにウールのスカートとブーツをはいた。提督のためにドレスアップしたら、ある意味でさらにデイジーの胸に裏切りのナイフを突き立てる気がしたのだ。

猫のスクラブルは二缶のキャットフードを平らげ、ベッドに横になって眠たげに喉をゴロゴロ鳴らしている。

「帰ってくるまでお利口でいてね」アガサは言った。スクラブルは緑の目を片方だけ開けて彼女をじっと見ると、また目を閉じた。

アガサはコートを手にして下りていった。デイジーがフロントのあたりを行ったり来たりしている。

「どこに行くの、アガサ？」彼女は語気鋭くたずねた。

「ジムと会うのよ」アガサは嘘をついた。

「提督がたった今出かけたの」デイジーはいらいらしていた。「どこに行くのって訊いたら散歩だって答えた。いっしょに行きましょうかって言ったのに、昔の軍隊時代の友人に会うんですって」

「それはいいわね」アガサはさりげなくかわすとホテルを出た。

車に乗りこみエンジンをかけると、クラッチをつないだ。デイジーがホテルの階段まで出てきてこちらを見ているので、わずらわしかった。アガサは町の方向に走りだしてから、Uターンしてホテルをまた通り過ぎながら、声をひそめて罵った。デイジーはまだ階段に立っていて、じっと車をにらみつけていた。

提督は劇場の外で待っていた。二人はいっしょに中に入った。「いい席をとれたよ。寒さのせいでみんな家にこもっているようだ」提督は言った。

オペラが始まった。アガサはデイジーのことも、殺人のことも忘れ、のんびりと楽しんだ。しかし二度目の幕間のときに振り向いて劇場内を見回した。ドレス・サークルを見上げたときに、ちらっとブロンドが見えたが、その女性は金色の柱の陰に頭を移動してしまった。あれはデイジーだわ、とアガサは思った。その晩の楽しい気分が吹っ飛んだ。絶対にデイジーだわ。

最終幕のときに振り返って見上げたが、柱の隣の席には誰もいなかった。

見まちがいだったにちがいないわ。それにどうしてうしろめたく感じる必要があるの？　アガサはいまいましく感じた。

終演後に提督に一杯飲みに行こうと誘われると、アガサは承知した。

「楽しいものだな」提督は言った。「ちがうお相手だと気分転換できるよ」

アガサは殺人事件について話したかったが、提督からは何も聞きだせないとわかっていたので、村の生活について語った。提督は軍隊での逸話を披露し、二人は閉店時間までなごやかにしゃべりあっていた。

この世にはわたしを楽しい相手だと思ってくれる男性もいるのよ、とアガサは挑戦的に思った。ジェームズ・レイシーなんてもう知らない。

提督を乗せていきホテルの手前で降ろした。彼女は部屋に上がる前に、夜間フロントスタッフに告げた。「疲れているの。部屋には電話をとりつがないでね。たとえ、このホテルの住人でも」

夜間フロントスタッフは指示をメモした。アガサは急いで自分の部屋に上がっていき、ほっと息をついた。

十分後、ドアがノックされ、続いてデイジーの叫ぶ声がした。「アガサ！」

アガサは枕を頭にかぶせた。うしろめたいと同時に怯えていた。さらに数回腹立ちまぎれのノックがされてから、ようやく静かになった。

朝になると部屋で朝食をとり、猫にえさをやった。それからメインエントランスを通らずにホテルを出ていけるだろうかと考えた。ジムに電話して映画館の外の遊歩道で落ち合いたい、と伝えた。

「いつ?」彼はたずねた。

「十五分後ぐらいに」

「どうして? またマスコミ連中がうるさくしているのか?」

「いいえ。会ったときに説明するわ」

アガサはコートをはおって、ドアを開けると左右をそっとうかがった。どこかに必ず非常階段があるはずだ。

そっと角を曲がり、すばやくデイジーの部屋や他の部屋を通り過ぎて廊下の端まで行った。あった、はっきりと記されている。「非常階段」バーを押してドアを開けた。鉄の非常階段からホテルのわきの庭園に下りられるようになっている。外側からドアを閉めるわけにはいかなかった。ぎりぎりまで閉めてもロックされないようにしておかないと、戻ってこられなくなる。

きのうよりもさらに寒く、階段を下りていくと氷のような風がコートのすそを翻した。ホテルの横を回って自分の車に乗りこむと、ホテルの窓を見上げずに走りだした。こちらをにらみつけているデイジーの姿が見えるのではないかと怖かったのだ。

映画館の前で待っているジムの長身の姿が見えた。彼は車に乗りこんできた。

「とても小さい車なの」アガサは申し訳なさそうに言った。「シートを後ろに下げたほうがいいわ。さて、どこに行きたい？」

「まっすぐ行けば海沿いの道を走れるよ。話をしたいな。何があったんだ？」

「あまりお行儀がよくなかったの。いえ、ちゃんとふるまっていたと思うわ。うーん、やっぱりよくなかったかな」

「全部話してくれ、アガサ」

「実はね、あなたがいなかったら、警察に報告して家に帰りたいと思っているの」

「ええっ！　あなたが！　コッツウォルズの偉大な素人探偵が！」

「偉大な素人探偵なんて、とんでもないわ。ミルセスター警察のウィルクス警部が、わたしは何ひとつ犯罪を解決していないって言ったのは正しかったのよ。ただ人の生活にずかずか入りこんでいったら、運よく何かが起きたってだけ」デイジーと提督についてジムに話した。そしてこうしめくくった。「だから、わたしはデイジーを裏切ったのよ。提督は彼女にまったく関心がないけど、デイジーはそれに気づかないの。まずメアリーの夢を壊し、今度はデイジーの夢まで壊そうとしている。わたしは利己的よ。不安だし退屈だったから、提督は話し相手にちょうどよかったの」

「わたしよりも?」

「まさか、そんなんじゃないわ、ジム。彼は礼儀正しい年配の紳士、それだけのことよ」

ちょっと黙りこんでから、ジムは言った。「あなたはとても魅力的な女性だよ、アガサ。だから慎重になったほうがいい。ライチ提督があなたに恋をしないように」

「それは絶対にないと思うけど、魅力的だと言ってくれてうれしいわ、ジム」アガサは自分ではまったく魅力的だとは思っていなかった。魅力的な女性というのは、雑誌に登場するようなグロスを塗った唇を尖らせ、拒食症みたいにやせた女性たちのことだ。目の小さい、がっちりした中年女性では絶対にない。

「どうやってデイジーと仲直りしたらいいかしら?」アガサはたずねた。

「提督がデイジーをどう思っているのか、二人だけのときに気持ちを訊きたかった、と言ったらいいんじゃないかな?」

「それだと、またむなしい希望をかきたててしまうわ。提督はデイジーをまったく評価していないのよ。わたしは嘘をつかなくてはならない」

「ホテルを出て、わたしの家に引っ越してきたらどう?」

ジムといっしょだとどういう生活が待っているのか知る絶好の機会だった。しかし、町はずれの殺風景なバンガローのことを思うと、ぞっとした。

「まだ早いわ、ジム。もう少しじっくり考えたいの。事件の捜査は進んでいる？」

「袋小路に突き当たっているよ。警視はわたしと意見がちがうんだ。わたしは素人がたまたま運に恵まれて犯行におよんだと考えている。どちらの殺人でも、彼または彼女は絶好の機会だと考えて、それを利用したんだと思うよ」

「でも、フランシーの殺害はまちがいなく計画的なものよ。盗まれていたお金のことがある。ホテルの住人の誰かにできたとはとても思えないわ、ジム。だって、あのなかの一人がフランシーを殺して、そのあと平然としてスクラブルをしていたとは考えられないもの。それにちょっと待って、ちょっと待って！　彼女は真夜中に殺されたんじゃないって言ってたわね？」

「ああ。夜の早い時刻だ」

「じゃあ、ベッドで何をしていたの？　ベッドで殺されたんでしょ？」

「そうだ」

「じゃあ、恋人を待っていたのかもしれないわ！」

「その可能性はあるな。ハダートンでつきあっていた相手がいるかどうか突き止めようとしているところだ」

「凶器は見つかった？」

「まだだよ。でも、何が使われたかはほぼわかっている」

「何なの？」

「クリフによると、フランシーはいつも大理石の麺棒をキッチンに置いておいたそうだ。それがなくなってるんだ」

「ずいぶん時間がたってから思い出したのね」

「彼は推測しただけだよ。クリフにしろジャニーンにしろ、麺棒はすぐになくなっていることに気づくようなものじゃないからね」

「彼はあの家で何をしているの？　何も相続できなかったんだと思ったけど」

「現場に連れていって、あらゆるものを見てもらったんだ。わたしのアイディアだよ。殺人は恐怖と怒りから行われたにちがいないと思っている。考えれば考えるほど、フランシーは誰かについて何かを知っていたにちがいないと思えてくる」

「脅迫していた？」

「可能性はあるね。娘は母親が誰を脅迫していたのか知っていたのかもしれない」

「ホテルの住人全員が彼女のところに行っているわ。ハリーとデイジーは彼女の降霊会がインチキだということを知っていた」

「でも、忘れてるよ、アガサ。ワイカーデンの大勢の人間もフランシーのところに行っているんだ。娘よりも母親の技術のほうが気に入っているハダートンの人間もね」

アガサはため息をついた。「未解決の事件になりそうね」

「たいてい何か突破口が開けるものだよ。このあいだ話した殺人以外に殺人事件を経験したことはないが、話だけは他の刑事からいろいろと聞いている。袋小路だと思っても、殺人犯はばれるような真似を何かしらするものなんだ」

「ホテルの住人全員に、あの日の夜早い時刻のアリバイがあったの？　フランシーの殺された日の夜の」

「誰もホテルを出るところを目撃されていないよ」

「だけど殺人は明るいあいだに行われたのかもしれないわ！」

「それはないな。午後四時半には暗くなるからね」

「そうだ、ちょっと思いついたことがあるの。わたしがさっきホテルを出てきたとき、デイジーと会いたくなかったので非常階段を使ったのよ。階段は建物のわきに下りるようになっている。誰かがそこから出て、また戻ってきた可能性ならあるわ」

「ああ、もうそのことは忘れて、楽しもうよ」

「何キロも何もない田舎道を走っているけど、前方には何があるの？」

「クーム・ブリトンというきれいな漁村があって、あなたに見せたいと思っていたんだ。あと三キロぐらいだよ」

車を走らせていくと、「クーム・ブリトン」という表示が見え、右の方を指していたので、アガサは幹線道路をはずれてくねくねした道を海の方へ下っていった。

パステルカラーのコテージが建ち並び、狭い玉石敷きの通りが走る絵はがきのような村だった。「港の先には古い宿屋があるんだ」ジムが言った。「そこで一杯やって、少し散歩してからランチをとろう」

宿屋の前に駐車すると、天井の低い建物に入っていった。アガサはがっかりした。室内のすべてが偽チューダー様式だった。偽の鎧、暖炉の上にはエリザベス女王を描いたへたくそな油絵がかけられ、偽の薪がガスの炎をあげている。しかしジムはこの場所がお気に入りのようで、ここは「雰囲気」で有名なのだと説明した。

警部の妻になるというアガサの夢は揺らぎ、消えかけた。カースリーに来てジェームズに出会う前だったら、このパブの趣味が悪いことに気づきもしなかっただろう、とアガサは自分に思い出させた。だいたい、いい趣味というのはどういうものなの？しかし、本物の古いパブに偽物ばかりを飾ることが馬鹿馬鹿しく思えてならなかった。本物の火が燃えていたら、すてきだっただろう。それにダンスホールで出会った彼の友人たち、クリスとメイジーのこともある。ジムと結婚したら、ああいう人たちをもてなすことになるのだろうか？　いい加減にしなさい、と自分をしかりつけた。ワイカーデンは小さな町だから、警察官のジムがほとんどの人と挨拶する関係にあるのは当然だわ。

「何を考えているんだい？」ジムがたずねた。

「ダンスホールで会ったご夫婦のことを思い出していたの。クリスとメイジーだったかしら。昔からの知り合いなの？」

「ああ、そうだよ。クリスは警察官だったんだが、警察を辞めて、今はハダートンの警備会社で働いている。いい友人なんだ。彼とメイジーは女房が亡くなったときにとても力になってくれた」

二人は一杯飲んでから港沿いに散歩した。海はたった一日でこうも変わるものなのね、とアガサは驚いた。今日は海は黒々として、巨大な白い波頭が古い港の岸壁で砕けている。

「戻るまで雪にならないといいな」ジムが空を見上げながら言った。

「雪になると思う？　このところ悪天候になっていないけど」

「予報だと崩れるみたいだ。さて、壁の陰に来て。見せたいものがあるんだ」

ジムはコートのポケットから小さな指輪ケースをとりだした。「開けてみて」彼は言った。

アガサはケースを開いた。シルク張りの台座にはルビーとダイヤモンドのリングがはめられていた。びっくりしてジムを見上げた。

「結婚してほしいんだ、アガサ」ジムが言った。「いいだろう？」

アガサは偽のパブのこともクリスとメイジーのことも忘れてしまった。彼女が感じたのは、大きな感謝とこの善良な男性が自分を妻に望んでいるという自信が入り交じったものだった。

「はめてあげようか？」

そして乙女のように、アガサははにかみながら左手を差しだした。ジムは指輪をはめ、かがみこんでキスをした。彼の唇は冷たくて硬かった。アガサは情熱がわきあがるのを感じた。心の奥で迷信深い声が叫んだ、おまえは惚れ薬でジムをたぶらかしたのだ。でも、アガサはそれを無視した。

腕を組んで二人はランチをとりにパブに戻った。「まえもって注文しておいたよ」ジムが言った。

最初の料理はパルマハムだった。盛られたルッコラのあいだに靴の革のように硬くて薄いハムが一枚ぺらんとのっていた。メインはラムの骨つきあばら肉と言われたが、ちっぽけな首肉を大量の野菜がとり囲んだものだった。そしてシェリー・トライフルはまったくシェリーの味がしない巨大なスポンジケーキだった。昔のアガサだったら店長を呼びつけて、こういう食事について思ったとおりのことをがみがみと告げただろうが、彼女はミセス・ジェソップになろうとしているのだ。ミセス・ジェソップはこんなことで騒ぎ立てたりしないだろう。「ロンドンに友人たちがいるの」アガサは言った。「わたしたちの婚約を〈タイムズ〉に掲載してもらってもかまわない？」

ジムは愛情をこめてアガサに微笑みかけた。「全世界にわたしたちのことを知ってもらいたいよ、アガサ」

ジェームズ・レイシーがそれを読んでどう思うか楽しみよね、とアガサは挑戦的に考えた。

「猫が好きだといいけど。わたし、三匹も飼っているの」

「三匹！　でも、もちろんいっしょに連れてきてかまわないよ」

「大量の家具や荷物もあるの」

「家の改装はあなたに任せるよ」

それならいいわ、とアガサは思った。

食事を終えて外に出ると、ブリザードであたりは真っ白だった。「まあ大変」アガサは言った。「来るときに道に塩がまかれていた様子はなかったわ」

「よかったらわたしが運転するよ」ジムが申し出た。

「いいえ、わたし、運転は得意なの」実を言うと可もなく不可もない運転者だったが、アガサは比喩的にも物理的にも運転席にすわるのが好きだった。

村から出ると悪夢だった。急な小石敷きの通りを上っていくときに、タイヤが滑り、凍りついた路面をつかむのにひと苦労だった。「ハンドブレーキを引いて、ギアを変えて」ジムが助け舟を出した。「わたしならどうにかできると思うよ」

アガサはしぶしぶ運転を譲り、わたしが失敗した凍りついた道をジムはどうやって小型車で上れたのかしら、と不機嫌に考えた。海岸沿いの幹線道路まで出ると、砂がまかれているはずだった。しかし、前方の道路は砂と塩がまかれているにもかかわらず真っ白になっていた。

「どうにかワイカーデンにたどり着けるといいが」ジムは吹きつけてくる真っ白で何も見えないブリザードの中を走りだした。

「そろそろ運転できるわ」

「だめだよ、ダーリン。わたしに任せておいたほうがいい」

これって、どんな女性でも聞きたいはずの言葉なんじゃない？　だめだよ、ダーリン、わたしに任せておきなさい。でも、アガサは自分が無能で取るに足らない存在になった気がした。〈タイムズ〉で婚約を発表すると考えて、どうにか心を慰めた。

「今夜はあまり遠くには行かないようにしよう」はらはらする道中だったが、ようやくホテルまでたどり着くとジムは言った。「家に帰って、何本か電話をかけなくては。子どもたちに婚約のことを伝えなくてはならない。あとで迎えに来るよ」

「家まで送っていきましょうか？」

「いや、歩いたほうが安全だ」ジムは車を降りてロックした。アガサが近づいていくと、キーを渡し、かがんでキスした。「じゃあ、またあとで」ジムは肩をすぼめながら、ブリザードの中を急いで去っていった。

アガサはフロントデスクに行った。見張っていたかのようにデイジーがラウンジから飛びだしてきた。

「少し話したいの」彼女は切りだした。

アガサは手袋を脱ぎ、婚約指輪を見せた。「おめでとうと言って！」

デイジーは蒼白になり、震える手でフロントデスクをつかんで体を支えた。

「ねえ、ジムがついさっきプロポーズしてくれたのよ」アガサは明るく言った。

「ああ！」デイジーの頬に血の気が戻ってきた。「例の警部さんね？　心からおめでとうを言わせてもらうわ、アガサ。わたし、てっきり……いえ、何でもないわ」

「ひどいお天気ね」アガサは陽気にしゃべり続けた。「これまでもこんなにひどいお天気のときってあった？」

「ときどきね。でも、いつも長く続かないわ。婚約！　提督に教えてこなくちゃ」

デイジーはさっさと立ち去った。アガサは部屋に行き、スクラブルに指輪を見せた。それからクレジットカードをとりだして、〈タイムズ〉に電話し、翌朝の朝刊に婚約の告知を載せてもらう手配をした。

受話器を戻すと、電話が鳴った。出てみるとジムだった。「悪いが仕事で呼びだされたんだ、アガサ」

「殺人事件に関係したこと？」

「いや、別件だ」

「こんな天気のときに呼びだすなんてひどいわね」

「そんなものだよ。仕事が終わったら、おやすみの電話をするよ。あなたのおかげでわたしはとても幸せだよ、アガサ。愛している」

「わたしも愛してるわ、ジム」アガサは嘘をついた。「またあとでね」

アガサはドスンとベッドに腰をおろし、ぼんやりとスクラブルの毛をなでた。

「やり通さなくてはだめね」アガサは言った。「やり通したいのよ」力をこめてつけ加えた。「年をとって一人きりで暮らしたくないから」

それからミセス・ブロクスビーに電話することにした。婚約を牧師の妻に報告すると、短い沈黙ののち、彼女はたずねた。「彼を愛しているの？　つまり、彼に恋をしているの？」

「いいえ、でもいずれそうなると思うわ」

「それで、彼はあなたに恋しているの？」

「ええ、そうよ」

「あなたを心から愛している人と結婚して、あなたには返せない愛と毎日向き合うのは、とても息が詰まるし、うしろめたく感じるかもしれないわよ」

「わたしはもう若くないのよ」アガサは不機嫌になった。「愛は若者のものだわ」

またもや少し沈黙してから、ミセス・ブロクスビーの声が受話器から聞こえてきた。

「あなたのことが心配だから、そう言っているの。ジェームズは動揺するでしょうけど、それはいずれ落ち着き、あなたは愛していない男性と結婚することになる。仕返しをしようとはしないでね、アガサ。絶対にうまくいかないから」

「ジムはいい人だし、彼のことはとても好きだから、残りの一生をいっしょに過ごせたら満足だわ。ジムと会ってから一度もジェームズのことは頭に浮かばなかった」

「新聞に出るの？」

「明日の〈タイムズ〉に」

「ジェームズは社交欄を読むタイプの人じゃないと思うけど」

でも、村の誰かが読むわ、とアガサは思った。そして誰かが彼に伝えるだろう。

アガサは猫の様子と村の様子をたずねてから電話を切った。気落ちしていた。

「ジムと婚約したのはジェームズ・レイシーに仕返しするためじゃないわ」猫に向かってきっぱりと言った。スクラブルは緑の目でじっとアガサを見つめていた。

その晩ディナーに下りていくと、外は凍えるほど寒く雪が降っていたが、ホテルの中の雰囲気が彼女の心を溶かしてくれた。デイジーが婚約の知らせをみんなに伝えていたので、全員がアガサのテーブルを取り囲み、指輪を眺め、おめでとうと言ってくれた。

ディナーのあとで提督がいつものようにスクラブルをしようと提案し、いつものようにラウンジに集まったときに電気が消えた。

「停電だ」提督が言った。「すぐにキャンドルを持ってこさせよう」

彼らは暖炉の前にすわっていた。暖炉の炎に照らされた顔は不気味だわ、とアガサは思った。

二人の年輩のウェイターがキャンドルではなくてオイルランプを手に急いで入ってきた。たちまち部屋は金色の暖かい光に包まれた。

「とてもきれいに見える光だ。今夜のあなたは輝いているよ、アガサ」提督が言った。

デイジーがにらんだ。暖炉の炎のせいで目の中で赤い炎が躍っている。「実を言うと」提督が続けた。「ひとつ結婚式があると、次々に結婚式があるそうだよ。次は誰かな？　きみかな、ハリー？」

「そうかもな」ハリーは言った。「わたしが幸運を引き当てるかもしれない」

デイジーが媚《こ》びを含んだ笑みを提督に向けた。彼はすばやくデイジーから目をそらして言った。「さて、始めよう」


翌朝いつものようにカースリーに新聞が配達された。イギリス南岸をすっぽりと覆った雪はまだ中部には来ていなかった。

ジェームズはいつものように〈タイムズ〉を読んだが、社交欄は読まずクロスワードに没頭した。なぜかしら月曜のクロスワードはたいてい他の日よりも簡単で、二十分で終えてしまったのでがっかりだった。軍の歴史の続きを書くことしか、他にやることはない。そこでコンピューターの前にすわったものの、他の作家と同じようにまず最初に別のことをするべきだ、と考えた。コーヒーがもうすぐなくなる。もちろん今日の分はあったが、嵐が近づいているから予備に買っておいてもいいだろう。

ストウ・オン・ザ・ウォルドの〈テスコ〉に車を走らせると、駐車場はほぼ満杯だった。嵐が近づいているので、全員が戦時中の考え方をしたようだ。みんなショッピングカートに山のように品物を積んで車に押していく。

ジェームズもショッピング熱に感染して、コーヒーだけではなく、必要だからと言い訳しながらあれこれ買いこんだ。ショッピングカートをころがして駐車場に出たときに、アガサの家の掃除をしているドリス・シンプソンに呼びとめられた。

「ねえ、アガサって本当にびっくりさせてくれますね」ドリスは言った。

ジェームズはいらつきながら彼女に笑いかけた。「今度は何をやらかしたんですか？」

「出かける前に〈レッド・ライオン〉のジョン・フレッチャーが電話してきたんです。〈タイムズ〉に載っていたんですって」

「何がですか？」

「ああ、アガサの婚約ですよ。ジェソップっていう人と結婚するそうですよ。ミセス・ブロクスビーの話だと警部さんらしいですね。聞いてませんでした？」

「そうなりそうだということは知っていました」ジェームズは嘘をついた。

「ご存じだったんですね。カースリーで結婚式をあげてくれるといいんですけど。わたし、結婚式って大好きなんです。ただ彼女は白を着られませんよね。チッピング・カムデンのミス・ペリーが先週結婚したんです。アガサと同じぐらいの年なんですよ。ローズピンクのシルクを着ていたわ。とてもきれいだった。それにブライズメイドは全員ゴールドだったんです」

「もう行かないと」ジェームズは言った。「そろそろ雪になりそうだ」

「もう降ってきたわ」鼻先をひとひらの雪が舞い落ちてきたので、ドリスは言った。

「急いで帰らないと」

そんなはずがない、とジェームズは思った。わたしに仕返しするためにそんな真似をしようとしているんだ。向こうに行って説得してこなくては。

しかし家に帰ったときには雪はさらに激しくなり、どんどん積もっていた。自動車協会に電話すると、南に向かうすべての道路は通行止めになっていた。

サー・チャールズ・フレイスは年老いた伯母といっしょに遅い朝食をとっていた。彼女は新聞を置くと言った。「あなた、レーズンという女性を知っているんじゃない？ここに来たことがなかったかしら？」

「アガサ・レーズン？」

「そう、その人よ。新聞に出ているわ」

「何て？」チャールズは辛抱強くたずねた。

「ジェソップという男性と婚約をしたのよ」叔母は言った。

「手が早いな、アギーは。ビル・ウォンに電話して、彼が知っているか訊いてみよう」

チャールズはミルセスター警察のビル・ウォン部長刑事につないでもらった。

「彼女が結婚するですって⁉」ビルは叫んだ。「誰とですか？」

「ジェソップという男だ」

「ワイカーデン警察のジェソップ警部だ」

「アギーはジェームズ・レイシーのせいで悲嘆に暮れているのかと思ってたよ」

「乗り越えたにちがいないですね」

「たぶん、ジェームズをいらだたせるためにしているんじゃないかな。わたしはアギーのことをよく知っている。向こうに行って、止めてくるよ」

「そんなことをするべきじゃありませんよ。どっちみち、できませんが。道路が通行止めになっているんです」

「馬鹿な女性を止めないと。アギーはこの警部に愛情なんてまったくないにちがいない」

「彼女はもう成人していますよ」

「成人の二倍以上の年だ」チャールズは嫌みたっぷりに言った。

「電話してみたらどうですか？　殺人事件の記事が新聞に載ったときに、彼女はガーデン・ホテルに泊まっていると書いてありましたよ」

「そうだな。電話してみよう」

だがワイカーデンとの電話は不通になっていた。


ホテルに閉じこめられたあとの息が詰まるような日々をアガサは決して忘れないだろう。電気もない。電話もつながらない。テレビもない。

水曜の朝、アガサはハリーが一人でラウンジにすわっているのを発見した。

「新聞すらないんだ」彼はぼやいた。「これほどひどくなるとは思わなかった。それにセントラルヒーティングもない。これほど高級なホテルなら発電機を備えていると思ったが。退屈だよ」

アガサは窓辺に歩いていった。「雪がやんでるわ」彼女は肩越しに言った。

「空は暗いし、まだ降るという予報だ」ハリーは言いながら立ち上がって彼女と並んだ。

「雪だるまが作れるわね」アガサは冗談を言った。

「すばらしいアイディアだ」意外にもハリーははしゃいでいた。「コートを着て、ダイニングルームの外に作ろう。みんながランチタイムに見られるように」

まもなく分厚く着込んだ二人は外に出ていった。雪は吹きだまりに高く積もっている。「わたしが最初に行くよ」ハリーが言った。「道をこしらえよう」

彼はダイニングルームの窓の方をめざして進んでいった。慈善をほどこしたウェンセスラス王の小姓のように、アガサは彼の足跡を踏んでいった。

「昔は雪だるま作りが得意だったんだ」ハリーは言った。「わたしは土台を作るから、あなたは胴体用に雪玉をころがしてくれ」

「他の人たちはどこかしら？」アガサはたずねた。

「部屋にいるんじゃないかな」ハリーはせっせと手を動かしている。

「あなたは殺人事件のことをまったく話題にしないのね」アガサは言った。

「ああ、しないよ。わたしには関係ないからな。どうしてしなくちゃいけない？」

「フランシーを知っていたでしょ。彼女の降霊会に参加した」

「ああ、あれか。たぶんそのせいで話題にしたくないんだよ」

「どうして？」

「彼女にだまされたからだ。わたしは女房が恋しくてたまらなかった。自分も彼女のあとを追おうかと思うほどおかしくなっていた」

「それで何があったの？」

「本気で女房だと思っていたんだ。女房だと思っていた声が、ソックスの話をするまではね。そしてとうとう声は、富んでいる者が神の国に入るよりもラクダが針の穴を通るほうがまだやさしい、と聖書の一節を持ちだし、天国に行くためにフランシーに寄付をしてほしい、と要求した。

でも、金持ちの男ですら天国に行けないのに、どうやって金持ちの女性が行けるんだ、とわたしはたずねた。

フランシーならそれをりっぱな理念のために使ってくれるでしょうからね、と声は答えた。年をとったときのために貯金しなくては、と妻は口癖のように言っていたんだ。わたしはフランシーを警察に告発した。だが、少しのあいだでもだまされた自分がまぬけに感じられてね。あの女のことは話したくないんだ。どっちみち、もう死んだんだし」

アガサは大きな雪玉をこしらえた。すると、ハリーは年をとっているにしては意外なほどの力で持ち上げ、しゃべりながら作っていた土台の上にそれをのせた。

「もうひとつ頭を頼む」ハリーは命じた。

彼は胴体を女性の胸のように形作った。アガサはスノーウーマンができあがっていくのを驚嘆して眺めた。「ゲーム用の戸棚に行って、目にするおはじきをふたつとってきてくれるかい？　それから顔用のメイク用品も」

「いいわよ。髪の毛はどうする？」

「何か見つけてもらえないかな？　黒い髪になりそうなものを。それから古いドレスとかコートとか持ってるかい？」

完璧主義者なのね、とアガサは思った。三つの雪玉と人参の鼻の昔ながらの雪だるまじゃいけないのかしら？

アガサは部屋に行って、あまり好みじゃないと思っていたインド風のブラウスを見つけた。髪の毛は？　スカーフで代用してもらうしかないわ。黒いものを選び、口紅と頬紅を手にとった。それからラウンジのゲーム用戸棚に行き、びんから真っ赤な大理石のおはじきをふたつとりだした。

ハリーの作品を眺めながら、ブルーかグレーのおはじきにすればよかった、と後悔した。赤だととても不気味だったのだ。ハリーはデスマスクのような白い顔に赤いぎらつく目をした女性を作りあげていた。頭に黒いスカーフを巻きインド風ブラウスを風にひらひらさせたスノーウーマンは、まるで生きているかのようで不気味だった。

ホテルから銅鑼《どら》の音が聞こえた。「ランチだ！」ハリーが言った。「みんなよりも先にダイニングルームに行こう。反応が見たいから」

二人はコートをラウンジに置いて、急いでダイニングルームに入っていった。

デイジー、メアリー、ジェニファーと提督がいっしょに入ってきた。

提督はぴたっと立ち止まった。「これは驚いた。あれを見てくれ！」

窓の外では白い顔の中で赤いおはじきの目がこちらをにらみつけていた。黒いスカーフが風になびき、ブラウスがはためいている。その瞬間、雪の彫刻の顔は死んだフランシーに驚くほどそっくりなことにアガサは気づいた。

「カーニバルからやってきたの？」デイジーがたずねた。

しかし、メアリーはうめき声をもらし、震える手を口にあてがうと失神した。

8

「電話はまだ通じておらん」昼食後に提督は言った。メアリーはジェニファーに付き添ってもらって部屋で横になっていた。

「わかってるわ」アガサは言った。「ジムに電話しようとしたから」

ハリーはどうしてわざわざフランシーにそっくりな雪だるまを作ったのだろう、とアガサは不思議に思いはじめていた。それに、どうしてこんなにうまく作れたのだろう？

「ハリーのあの雪の女は実に悪趣味だよ」提督が言った。彼とデイジーとアガサはラウンジで暖炉の前にすわっていた。

「でも、彼の手際には驚いたわ」アガサは言った。「ありふれた雪だるまを作るのだとばかり思っていたから」

「一度彫刻家になると、死ぬまで彫刻家なんだろうね」

「なんですって！　ハリーが？」アガサは浅はかにも、彫刻家というのはいくら年をとってもなんというか、もっと自由奔放な感じがするものと思いこんでいた。

「ヘンリー（ヘンリーの別称がハリー）・ベリーについて聞いたことがないかい？」提督がたずねた。

「最盛期はとても有名だった。今はもう仕事をしていないがね。力が衰えたからと言っている」

「わたしには意外なほど力持ちに見えたわ」丸めた重い雪玉をハリーがやすやすと持ち上げたことが思い出された。

「ともかく、彼はかわいそうなメアリーをとんでもなく怯えさせてしまったわ」デイジーが言った。それからアガサに意味ありげにウィンクすると、ドアの方に軽く頭をかしげた。提督と二人だけになりたいので席をはずしてほしがっているのだと、アガサは正しく解釈した。しかし、また雪が降りはじめていたし、セントラルヒーティングが稼働していなかったので自分の部屋は寒かった。スクラブルは大丈夫だった。ベッドの真ん中に湯を入れたびんをタオルに包んで置いてきたのだ。さっき見たとき、スクラブルはその湯たんぽに体をすり寄せて居心地よさそうにしていた。

支配人がポータブルラジオを持って入ってきた。「ニュースをお聴きになりたいかと思いまして」彼は言うと、ラジオを置いてスイッチを入れた。「今夜は寒気が弱まるという予報が出ています。今夜じゅうには電気が復旧しそうですよ。やれやれ、食料がすっかりむだになりました。冷凍庫から大量の食品を捨てなくてはならなかったんです」

提督がラジオに耳を傾けた。「聴いて」

ニュースの声が災害、閉鎖中の道路、停電している何千軒もの家について報告した。デイジーは椅子ですわり直し、怒ったようにアガサをにらんだ。好きなだけにらめばいいわ、とアガサは思った。でも、この暖かい暖炉から離れるつもりはないわよ。ジムに電話して、ハリーの経歴に不審な点がないかどうか確認したくてうずうずしていた。

とうとう提督はラジオを切った。「ありがとう、ミスター・マーティン。まちがいなく寒気が弱まりそうだ」

支配人はラジオを片づけた。「さて、部屋に行って本をとってこよう」提督は立ち上がった。デイジーはラウンジを出ていく彼を食い入るような目つきで見送っている。ますますしつこくなってきているわ、とアガサは心の中で嘆息した。

提督がいなくなると、アガサは言った。「わたしがいなくなって彼と二人きりになりたがっているのはわかっていたけどね、デイジー、二階で寒い部屋にすわっているのはいやだったの。それに散歩にも行けそうにないでしょ」

「ほんの少しだけ時間がほしかったのに」デイジーはむすっとして言った。

アガサは顔を近づけた。「ちょっとアドバイスさせてもらえる、デイジー？　あまり熱意を見せたり、しつこくしたりするのは逆効果よ。かえって男性をしりごみさせちゃうわ。怯えて逃げだしてしまうわよ」

「それ、個人的経験から言っているの？」デイジーは意地悪くたずねた。

「そうよ」ジェームズ・レイシーのことを考えながら、アガサは答えた。ジェームズを追ってキプロスまで行ったのにまったく役に立たなかったのだ。

「提督と出かけたでしょ」デイジーは責めた。「あなたを見たわ」

「やっぱりあなただったのね。劇場にいたのは」

「そうよ。あのあと彼はあなたを飲みに連れていった。わたしにはそんなことしなかったのに」

アガサはため息をついた。「ねえ、デイジー、提督がわたしといっしょにいてくつろげるのは、わたしが彼に興味がないことを知っているからなのよ。あなたが見張っていたことに提督が気づいていたらどうするの？　フランシーの惚れ薬のことは知っているでしょ。残りの惚れ薬がまだ少しあるわよ」

「提督の飲み物に入れたの？」

「いいえ、面白半分にもらったんだけど、あなたに少し分けてあげてもいいわよ」

「効き目はあるの？」

「これまで惚れ薬を試したことがないの？」

「そのことは考えたけど、純粋にわたしのことを愛してほしかったの。だけど、よかったら……」

アガサは立ち上がった。「彼が戻ってくる前にとってくるわ」

アガサは部屋に行き、小瓶を見つけた。使うのは数滴だけにしておかねばならない。毛生え薬といっしょに分析に出したかった。

アガサはラウンジに戻った。「わたしの代わりに入れてくれる？」デイジーがささやいた。「見つかるのが怖くて」

「せかさないでよ」アガサは釘を刺した。「絶好のタイミングを見計らわなくちゃならないから」

絶好のタイミングは、全員で暖炉を囲んでいたその午後に訪れた。

「酒を飲むしかやることがないな」提督が嘆いた。「赤ワインを一本頼んでいっしょに飲まないかね、ハリー？」

「いい考えだ」

「ボトルが運ばれてきたら、何かみんなの気をそらすことをして」アガサはデイジーにささやいた。

アガサと残りのメンバーはコーヒーを頼んだ。アガサはこっそりハンドバッグから小瓶をとりだし、片手に握りしめた。

ウェイターが赤ワインのボトルとグラスをふたつ運んできた。もう一人の年配のウエイターが重いシルバーのトレイにのせたコーヒーポット、ミルク、砂糖の重さにうめきながら入ってきた。すべてが暖炉の前のテーブルに並べられた。ウェイターがワインのボトルを開けた。「少しワインに呼吸をさせてあげよう。みなさんは先にコーヒーを飲んでいてくれたまえ」提督が言った。

ジェニファーがコーヒーを注いだ。メアリーは黙りこんですわり、ハンカチーフを指のあいだでねじっている。「気分はよくなった、メアリー？」アガサがたずねた。

「ええ、すっかり」彼女は弱々しい声で答えた。「でも、とてもショックだったの。フランシーの幽霊だと思ったのよ」

「誰かに似せようとして作ったんじゃないよ」ハリーが抗議した。「ただ女性の雪だるまを作っただけだ。さてワインを飲もう」

提督がふたつのグラスにワインを注いだ。

「見て！」デイジーがぱっと立ち上がった。彼女は窓辺に駆け寄った。「まあ、こっちに来てあれを見て」

アガサ以外は全員が立ち上がって窓辺に近づいていき、デイジーの後ろに群がると、「何なの？　どこだ？」と口々に言った。

アガサは提督のグラスに小瓶から数滴垂らした。それから小瓶に栓をして、ハンドバッグにしまった。すばやく窓の方を見ると、ハリーがじっとこちらを見ていた。アガサは言った。「何かそこにあるの？　何なの？」

「カモメよ」ジェニファーがうんざりしたように言った。「デイジーったら、カモメを日が射してきたんだと勘違いしたの」

「これまでカモメを見ていなかったからよ」デイジーは言い訳した。「雪の中では飛んでいなかったでしょ」

「利口な鳥だ」提督は腹を立てた様子もなく自分の椅子に戻った。「そのワインを飲んでみよう、ハリー」

「まず最初にわたしが味見してみるよ」ハリーは言った。「あなたよりも少々うるさいからね」彼はグラスを持ち上げてひと口すると鼻に皺を寄せた。「それは飲まないほうがいい、提督。ブショネ（コルク栓が原因で劣化したワイン）だ」

「本当に？」

「ああ、傷んだワインほど肝臓に悪いものはないんだ」彼は壁のベルを鳴らしてウェイターを呼んだ。「これをさげて、新しいちゃんとしたものを持ってきてくれ」ウェイターがあわてて来ると命じた。「ブショネだ」

ウェイターは一礼してボトルとグラスをさげていった。

アガサがハリーを見ると、彼は平然として彼女を見つめ返してきた。見られたのかしら？

「新しいボトルを持ってきてもらうあいだに」とハリーが立ち上がった。「ゲーム用戸棚におもしろいものがないか探してみよう」ハリーは戸棚をひっかき回していたが、しばらくして肩越しに叫んだ。「ここにモノポリーがある。やってみないか？」

「それは何年もやったことがないわ」ジェニファーが言った。「こっちに持ってきて」

全員でモノポリーを始めた。提督とハリーはグラスを傾け、さらにもう一本追加で注文した。

提督は酔っ払って、メアリーにちょっかいを出しはじめた。デイジーは怒りで顔を真っ赤にしていたが、メアリーはお世辞を言われて気分がいいらしく、うれしそうにクスクス笑っていた。

　とうとう長いゲームが終わり、提督は立ち上がって伸びをした。「ちょっと横になってくるよ」少しろれつが回っていなかった。「何だね？」窓を指さした。

「除雪機よ」アガサは言った。「それに、とうとう雪がやんだわ」

　そのときいきなり電気がついた。「よかった」アガサは言った。「電話も使えることを祈りましょう」

　フロントデスクで確認すると、はい、電話も復旧しました、と言われた。彼女は部屋に上がっていった。古いセントラルヒーティングが息を吹き返したので、ホテルじゅうにキイキイ、ゴンゴンと物音があふれている。

　アガサは警察に電話したが、ジェソップ警部は出かけていると言われた。そこでちょっとためらった。カースリーに電話して、ジェームズが婚約のニュースにどう反応したのか探りたかった。と同時に知りたくない気持ちもあった。まったく何も反応がないと聞くのが怖かったのだ。

　そこで電話は後回しにすることにして、お風呂に入り、着替えをしてディナーに下りていった。最初の料理を食べ終わったときに、提督が現れていないことに気づいた。

「ライチ提督はどこなの？」アガサはたずねた。

「たぶん酔いつぶれているんじゃないかな」ハリーが言った。

「あなたは元気そうね」デイジーが言った。「提督が心配だわ」

ハリーが立ち上がった。「では、ご婦人方、わたしがみなさんの不安を解消してさしあげましょう」

デイジーがアガサのテーブルに歩いてきた。「彼はあれを飲まなかったのよね？」

「惚れ薬？　ひと口もね」

デイジーはテーブルに戻った。

十分たってもハリーは現れなかった。アガサは落ち着かなくなってきた。まさか提督に何かあったんじゃないでしょうね。

デイジーがナプキンを放りだした。「もう待つのに耐えられない。何かあったという気がしてきたわ」

「よくあんなふうに酔っ払うじゃないの」メアリーがなだめた。「大丈夫よ」

でもデイジーはすでに急いで部屋を出ていくところだった。

アガサはメインの料理を突いていたが、急に食欲がなくなった。何もまずいことなんて起きるはずがない。でも何かあって、惚れ薬を提督のグラスに入れるところをハリーに見られていたら……。

ホテルじゅうに甲高い鋭い悲鳴が響きわたった。アガサは慎重にナイフとフォークを置いた。ジェニファーが勢いよく立ち上がり、椅子を倒した。そのまま部屋から走りでていき、そのあとにメアリーが続いた。アガサは恐怖で体が麻痺して、そのまますわりこんでいた。まぶしいオレンジ色の光がダイニングルームの外から射しこんできた。

とうとうアガサは老婆になったような気分でよろよろと立ち上がり、廊下に出ていった。

誰もいなかった。フロントデスクは無人で、ウェイターの姿もない。ただ押しつぶされそうな静寂が漂っている。

そのとき救急車が到着し、続いて二台のパトカーもやって来た。同時にミスター・マーティンが急いで階段を下りてきた。彼の顔は不安と苦悩でゆがんでいた。「上です」彼は入ってきた救急救命士に言った。二人はストレッチャーを持って大急ぎで階段を上がっていった。

警察が続いて現れた。ジムはいなかった。

アガサはその場から動けなかった。

永遠とも思える時間がたったとき、救急救命士たちがストレッチャーを持って現れた。人の姿はすっかり覆われ、顔は隠れている。そのあとからデイジー、ジェニファー、メアリー、ハリーが現れた。デイジーはハリーに支えられている。さらにピーター・キャロル部長刑事を先頭に警察が下りてきた。階段の下で、デイジーがハリーの腕をふりほどいた。

「人殺し！」彼女はアガサに向かって叫ぶと、泣きわめきはじめた。

それからアガサにとって悪夢が始まったのだった。

その晩、アガサはワイカーデン警察署の留置場の硬い寝台にすわり、うちひしがれながらその晩のできごとをもう一度思い返していた。

提督が赤ワインのボトルを注文したあとで窓辺にみんなで集まったときに、目の隅でアガサが提督のグラスに何かをこっそり入れるのを見た、とハリー・ベリーが警察に証言したのだった。騒ぎを起こしたくなかったし、目撃したものに自信がなかったので、ワインはブショネだと言って別のボトルと交換してもらった。デイジーは惚れ薬を提督の飲み物に入れようとアガサに強く勧められたと警察に話した。アガサは提督に恋をしていたから、わたしに嫉妬していたのだ、とデイジーは主張した。だからアガサは毒を入れたのだと。

アガサは最初のうちこそ、ハンドバッグから回収された惚れ薬も、部屋にあるあらゆる小瓶や容器に入ったものも無害だと確信していたが、じょじょに心配になってきた。フランシーとジャニーンを殺した犯人が提督を亡き者にしたいと考え、あの惚れ薬に毒を入れていたら？　あれに毒が入っていることがわかったら？

ジムはアガサに近づかなかった。彼女の取り調べはジムではなく、ハダートンから来た警視がおこなった。疑い深そうな目つきの冷たい強面《こわもて》の男。アガサは告発されてはいなかったが、さらなる尋問のために勾留された。とうとう弁護士を要求した。朝にはやって来るだろう。

頭上の鉄格子がはまった窓を雨がたたいている。どうかここから出してください、とアガサは神に祈った。カースリーに戻ったら、もう二度と村から出ません。

この町の弁護士の名前はまったく知らなかったので、裁判所で選任した弁護士が朝になってやって来た。アガサが実際に起きたことを話すと弁護士は慎重に耳を傾けた。彼は疲れた様子の中年男で、やせた顔に金縁眼鏡をかけ安っぽいスーツを着ていた。

「それがあなたの主張なら、それで押し通します」アガサが話し終えると、彼は言った。「警察は今朝、あなたを告発するか釈放するか決めなくてはならない。検死官が徹夜で死体を調べていますが、もう少し時間がかかるでしょう」

「わたしを信じないのね……」アガサがいらだたしげに言いかけたとき、ドアが開いてジムが入ってきた。彼は弁護士に顎をしゃくると言った。「二人きりにしてくれ」

「それはできません、警部」弁護士は言った。「わたしはミセス・レーズンの代理人ですから」

「いいのよ」アガサは言った。「二人きりにして」

二人だけになると、ジムは言った。「今回の件は申し訳ない。警察は過剰反応しているよ」彼はアガサと並んで寝台に腰をおろすと、彼女の手をとった。

「ひどい顔でしょ」アガサは言った。「ハンドバッグをとりあげられたから、メイクもしていない。どういうこと、過剰反応って？」

「提督を見たところ、重篤な脳卒中で亡くなったんだと思う。顔が片側にゆがんでいたからね。結論はそうなると思うよ。いったい惚れ薬なんかを持ち歩いて、どういうつもりだったんだ、アガサ？」

「毛生え薬をもらいにフランシーのところに行ったら、惚れ薬も勧められて。そのときは冗談のつもりだったの。デイジーは提督に夢中だったのよ。彼女はわたしと提督が劇場でいっしょのところを見たの。だから、提督にまったく関心がないことを彼女に示したくて、惚れ薬のことを話したのよ」

「小瓶には半分しか残っていなかったね」ジムは興味しんしんでたずねた。

「流しに捨てかけたんだけど、少し残しておけば家に帰って分析してもらえると考えたの」ジムの飲み物に惚れ薬を入れたとは口が裂けても言うつもりはなかった。「これからどうなるの？」

「警察ではライチ提督が自然死だったとほぼ確信しているんだ、アガサ。あなたは釈放されるよ」

「ジム、わたし、ここから出たいだけではなくてカースリーに帰りたいの」

「残念ながらそれは無理だよ、アガサ。最終的な検死報告が出るまでいなくてはならないだろう。でも、そんなにかからないよ」

「よくこんなわたしに我慢できるわね、ジム」

「愛しているからね」

アガサは罪悪感で胸がズキンとした。愛していない人と結婚する権利があるだろうか？　いえ、彼を愛しているわ、と強く思った。ただ、恋に落ちていないだけよ。

「最終的な検死報告が出るまで、わたしはあなたと距離を置かなくてはならないんだ」ジムは言った。

「わかってるわ」彼の言葉に最初に感じたのは安堵だったので、またもや罪悪感が胸を刺した。

「女性警官を寄越すよ。受付で持ち物を返してもらってほしい」

「わかったわ」アガサは疲れた声で言った。


アガサは警察署から雨の降る戸外に出ていった。雪がドスンドスンと音を立てて、屋根から通りに滑り落ちてくる。側溝を水が勢いよく流れていき、穏やかな風が軽やかに髪を吹き抜けていった。

ゆうべはほとんど眠れなかった。パトカーでホテルまで送るという申し出は断った。ハンドバッグを開けて煙草のパックをとりだすと、風に背中を向けて火をつけた。通りかかったやせて意地悪そうな女がアガサに叫んだ。「まったく下品な習慣よねえ」

「放っておいて!」アガサがあまり激しく叫んだので、女はあわてて通りを遠ざかっていった。

どうしてこの町に来ちゃったんだろう? アガサは考えながら、荒れた海沿いの遊歩道を歩いていった。遊歩道のはずれにホテルが見えた。刑務所のように感じられた。

みんな何をしているのかしら？　スクラブルをして、天候について話しているの？

疲れていたが、ホテルに戻る前に埠頭を歩いていった。イギリスの海岸に造られたヴィクトリア朝時代の埠頭は魅力的だった。優雅できゃしゃな埠頭が海の上に延びていて、先端には劇場やダンスホールができ、おみやげ屋やスロットマシンが並んでいる。遊歩道のボードに当たってアガサのヒールがカツカツと音を立てた。どんどん融けていく雪をかいて道ができている。自分の部屋に上がって荷造りをしたら、レンタカーでできるだけ遠くまで行きたかった。埠頭のはずれに立ち、互いに競い合うように岸に打ち寄せてくる波を体が震えだすまで眺めていた。

重い気分で回れ右をすると、ホテルの方に歩きだした。ミスター・マーティンがフロントデスクにいた。

「電話はつながないで」アガサはぶっきらぼうに指示すると、部屋に上がっていった。アガサがキャットフードと水を用意しているあいだ、スクラブルはゴロゴロ喉を鳴らし、ミャオと鳴いた。熱いお風呂に入りたかったが、とても疲れていた。スクラブルにえさをやってしまうと、アガサは服を着たままベッドにもぐりこみ、上掛けを耳までひっぱりあげて夢も見ない眠りに落ちていった。

その日の昼時、カースリーの〈レッド・ライオン〉は混んでいた。パブの主人、ジョン・フレッチャーは一パイントのフック・ノートンをジェームズのために注ぎながら言った。「アガサがまた厄介なことになったようですね」

「何だって？　今朝の新聞には何も出ていなかったが」

「一時間前にラジオで聴いたんですよ」ジョンは言った。「アガサの滞在しているあのホテルで、どこかの提督が亡くなったんです。アガサは巻きこまれたようだ。警察に取り調べを受けている、とラジオでは言ってましたよ。あなたも向こうに行って力を貸してやったらどうですか？」

「彼女の婚約者が面倒を見てくれるだろう。なにしろ警察の警部だからね」ジェームズはむっつりと答えると、バーカウンターから歩み去った。

サー・チャールズ・フレイスは地所に運転して戻る途中、ラジオでアガサについてのニュースを聴いた。「馬鹿だなあ」彼はつぶやいた。家に帰ってガーデン・ホテルに電話したが、ミセス・レーズンには電話をとりつげません、と言われた。

いったい向こうでは何が起きているんだろう？　わかったらおもしろいかもしれない。最近人生が少々退屈になってきていたし、てっきり自分に夢中だと思っていた女の子が他の男と婚約したところだった。一泊用のバッグに着替えを詰めると、車で南をめざした。

アガサは夜まで目覚めなかった。熱いお風呂に浸かり、髪を洗い、ネグリジェにガウンをはおると、フロントデスクに電話してサンドウィッチとコーヒーを運んでもらった。他の連中といっしょに食事をする気分ではなかった。彼らが存在しないふりをしたかった。夜間フロントスタッフにちょうど替わったところで、「電話は一切つながないように、というメモがございますが」と確認された。

「そうしてちょうだい」アガサは言った。

テレビをつけると、古いジェームズ・ボンドの映画をやっていた。サンドウィッチが届けられると、アガサは猫を膝にのせてテレビの前の椅子にすわり、映画を観た。

チャールズがガーデン・ホテルに到着したのはその晩の九時だった。フロントには誰もいなかった。ラウンジをのぞいた。亀みたいな顔をした男が一人でいた。

「ミセス・レーズンはどこにいるかご存じですか？」チャールズはたずねた。

「自分の部屋にいると思うが」ハリーは言った。

「何号室ですか？」

「九号室だ。階段を上がって左だよ」

バッグを手にしたまま、チャールズは階段を上がっていき左に曲がった。廊下には鏡があった。立ち止まってなめらかな金髪をなでつけると、自分のこぎれいな顔立ちを眺めた。それから廊下を進んでいき九号室をノックした。誰も答えなかったが、テレビの音が聞こえてくる。チャールズは取っ手を回そうとしたがロックされていた。

「アギー！　わたしだよ！」彼は叫んだ。まだらに赤くなった顔をした染めたブロンドの女性が廊下を通りかかった。チャールズは彼女ににやっと笑いかけた。「彼女は耳が遠いにちがいないな」彼は言うと、またノックした。「おおい、アギー。わたしだよ、チャールズだ！」

アガサはドアを開けた。「まあ、チャールズ。ものすごくひどい目にあったの」そう言うなり、アガサはわっと涙に暮れた。チャールズは彼女を抱きしめた。

赤い顔の女性がじっと見ているので、泣いているアガサを部屋に押しこむと、ドアを足で蹴って閉めた。

「どういう厄介事に巻きこまれたんだい？」チャールズは彼女の髪をなでた。「おや、本物の髪の毛だ」

「の、伸びてきたのよ」アガサは彼の肩ですすり泣いた。

「ジャケットがびしょ濡れになるよ。この部屋には酒があるのかい？」

「電話して何か持ってきてもらって」

チャールズは受話器をとりあげ、ブランデーのボトルを頼んだ。「どちらの部屋ですか？」夜間フロントスタッフが疑わしげな声で言った。

「ミセス・レーズンの部屋だ」

「お勘定はミセス・レーズンにつけますか？」

「もちろんだ」チャールズは陽気に答えた。

彼はベッドにすわった。「ねえ、こっちに来て、チャールズおじさんに全部話してごらん」

アガサは涙をふくと、彼の隣にすわった。アガサは最初からすべてを話した。途中でドアを開けて、ブランデーのボトルとグラスがふたつのったトレイを受けとった。

「気が利くのね、チャールズ」

「実を言うと、あなたの勘定につけておいたよ」

「あなたって、全然変わらないのね。じゃあ、わたしにお礼を言ってちょうだい」アガサは話を続け、ボトルの中のブランデーはどんどん減っていった。

「ずいぶん風変わりな部屋だな」チャールズは言った。彼はベッドに仰向けになり、頭の後ろで両手を組んでいた。

「今晩泊まるつもりなら、自分で部屋を予約してきたほうがいいわよ」

「部屋ならあるよ」チャールズはものうげに言った。「ベッドに行こうよ」

「わたしは成り行きでセックスするのは好きじゃないの、チャールズ」

「誰が成り行きだって言ったんだ？」

「過去にそれを証明してくれたでしょ」

「じゃあ、ただ抱き合っているだけでいいよ」

アガサは酔っ払っていたし疲れていたしで、ふいに一人きりでいるのがいやになった。

「わかったわ」だが、虚栄心からバスルームに行って、軽くメイクした。戻ってみると、チャールズはパジャマに着替えてベッドでぐっすり眠っていた。

ロマンスなんてもんじゃないわね、とアガサは思いながら彼の隣にもぐりこんだ。スクラブルは椅子で丸くなって、興味深げにアガサを見つめている。ベッドのチャールズの側のスタンドはついたままだった。彼女は手を伸ばして消そうとしたが、そうする前にチャールズがぱっと目を開けてにっこりすると、アガサを抱きしめた。

「それはなしでしょ」アガサは腕をふりほどこうとしながら言った。チャールズは彼女にキスして、いたずらっぽく言った。「なしって何が？　これはだめ？」またキスをした。二度とセックスをしないだろう、というジャニーンの予言がアガサの頭にふいによみがえった。

ジャニーンがまちがっていることを証明するためだけにあんなことをしてしまったのだ、とアガサはあとから自分に言い訳したのだった。

ジム・ジェソップ警部はガーデン・ホテルに車を乗りつけた。検死の結果が出ていた。提督は自然死だった。真夜中近かったが、結果が出てすぐに知らせたらアガサは感謝してくれるだろう。会って話したかった。彼女の目に安堵の色が浮かぶのを見たかった。

ガーデン・ホテルの外に車を停めると、中に入っていった。デイジーが彼を出迎えた。その顔は泣いていたせいでまだ赤く、目は妙にぎらついていた。フロントデスクでは夜間スタッフが低いいびきをかいている。

「アガサに会いに行くんですか？」デイジーはたずねた。

「ええ」

「そのまま上がっていって。部屋は九号室よ」

ジムはためらってフロントデスクの方を見た。「まず電話をしたほうがいいでしょう」

「電話はつながないように指示しているみたいよ」

「ああ、それでしたら……」

ジムは階段を上がっていった。デイジーは小さな笑みを浮かべてラウンジに戻った。

ジムはアガサのドアをそっとノックした。返事はなかった。取っ手を回した。ドアにはロックがかかっていなかった。彼はそっとドアを開けた。

目の前の光景はベッドサイドのスタンドで余すところなく照らしだされていた。床に男物のストライプのパジャマがくしゃくしゃになって放りだされ、アガサのネグリジェがベッドの端からぶらさがっている。

アガサ自身ははだかで、ジムの知らない男の腕に抱きしめられている。

ジムは足音を忍ばせてあとずさりすると、ドアをとても気をつけて閉めた。彼は階段をぎこちなく下りていくと、夜間フロントスタッフを起こして、便箋と封筒をくれと言った。

それからすわってアガサ・レーズンのことをどう思っているのか歯に衣着せずに告

げる辛辣きわまりない手紙を書いた。公正にふるまいたいという気持ちから、提督が自然死だったこともつけ加えた。だからワイカーデンを去るのは自由だし、二度と彼女の顔を見たくない。指輪は返してほしい。手紙に封をすると、夜間フロントスタッフにこれを上に持っていって、ドアの下から滑りこませるように指示した。

翌朝、先に目覚めたのはアガサだった。体をねじってチャールズの眠っている顔を見て、まず、うんざりしながら思った。いやだ、またやっちゃったわ。ベッドの端からネグリジェをとると、頭からかぶった。そのとき封筒に気づいた。拾い上げるとベッドにすわって開いた。

アガサは屈辱と悔しさで真っ赤になった。手紙を放りだすと、エンゲージリングをはずし、それをベッドサイドのテーブルに置いた。ジムの手紙にはベッドでチャールズといっしょにいるところを見たことがはっきり書かれていた。これではもはや言い訳はできなかった。それでも、恥ずかしさの底にかすかな安堵もあった。

チャールズの脇腹を突いた。「起きて！」

チャールズはどうにか目を開けた。「そんなにあわててどうしたんだい？　ゆうべ、この陰気な小さな町まで運転してきたけど、ここはベッドから飛び起きて探検に行こうと張り切るような土地じゃないよ」

「黙って聞いて」アガサは低い声で言った。「ジムがゆうべ部屋に入ってきて、わたしたちがベッドでいっしょにいるのを見たのよ。婚約は解消されたわ。指輪を返してもらいたがっている」

「指輪を見せて」

アガサはチャールズに指輪を見せた。彼は指輪を光にかざして目を細めて調べてから、返してきた。「返してやればいい。とっておくほどのものじゃないよ」

「全部あなたが悪いのよ」チャールズの平然とした態度にかっとなって、アガサは怒鳴った。

「その手紙を見せて。いいかい、あなたは彼のことを愛してすらいなかったんだ。愛しているふりをしてもだめだよ」

アガサはチャールズに手紙を渡した。彼はじっくりと読んだ。「まっすぐできちんとした善良な人間に思えるな。あなたのタイプじゃないよ、アギー」

「よく言うわね！」

「これでくびきから解放されたんだ。わたしといっしょに家に戻れるよ」

「チャールズ、ちょっとでも申し訳ないと思わないの？」

「いや、全然。ばれたからそう言っているだけで、あなただって残念に感じていないはずだよ」チャールズは立ち上がるとバスルームに入っていき、ドアを閉めた。

アガサはジムに電話しようと受話器に手を伸ばしかけたが、あきらめた。だいたい何を言ったらいいの？　どう説明できるだろう？　チャールズには愛情がないと言ったら、いっそうあばずれ女に思われるだろう。

電話が鳴った。嚙みつかれるのではないかとびくついているみたいに受話器をとると、用心深く言った。「もしもし？」

「ミスター・マーティンです、ミセス・レーズン」

「どういうご用件かしら？」

「あなたの部屋に男性がいると思いますが」

「それが何なの？」アガサは怒って言った。「今は九〇年代なのよ」

「部屋はお一人さまのご利用で予約されているんです。お二人さまご利用の料金を請求しなくてはなりません」

「どうぞ、そうして。それからわたしの請求書を用意してちょうだい。今日、発つから」アガサはぴしゃりと言うと、受話器を置いた。

鏡を見て、悲鳴をあげた。髪の毛がくしゃくしゃにもつれ、メイクのはげた顔は老けて見えた。チャールズは少なくとも彼女よりも十歳若い。それからぐったりとすわりこんだ。それが何だっていうの？　わたしはチャールズに恋をしていない。チャールズがバスルームから出てくると、代わりにアガサがバスルームに入りお湯をためた。それから腹立たしいことに彼がタオルをすべて使ってしまったことに気づいた。ベルを鳴らして新しいタオルを運んできてもらった。まちがいなく、それも彼女の請求書につけられるだろう。

アガサの文句に知らん顔のチャールズは、朝のテレビ番組を見ていた。

アガサはやっとお風呂に入って着替え、メイクした。それから猫にえさをやり、番組の途中でブツンとテレビを消した。「ちょっと、これじゃ誰が車を獲得したかわからないじゃないか」チャールズが文句を言った。

「これから朝食をとってわたしのレンタカーを返したら、スクラブルのキャリーケースを買うつもりよ。それからカースリーに送っていってちょうだい。途中で警察署に寄って、指輪を返したほうがいいわね」アガサはデスクにすわった。ジムに手紙を書く必要があった。

「わかったよ」チャールズはのろのろと言った。

「ところで、どうしてわたしの部屋に直接上がってきたの？　どうしてフロントデスクでわたしに電話しなかったの？」

「デスクには誰もいなかったし、ラウンジをのぞいたら、亀みたいな顔の老人がいてそのまま上がっていけって言ったんだ」

「ハリーね」アガサは苦々しげに言った。

「彼は頭がおかしいと思うよ、アガサ。それどころか、このホテルの連中は全員おかしいよ。そのこと、考えたことがなかった？　全員が毎年毎年ここにすわってるだけで、頭がどんどん化石化していってるんじゃないのか？」

「殺人事件のせいで、みんなおかしくなったみたいね」アガサは疲れたように言った。

「わたしも含めてね」彼女は短い謝罪の手紙をジムに書いて、指輪を小さなケースにしまった。それから立ち上がった。「行きましょう。朝食は後回ししよ」


アガサはチャールズの車を従えてレンタカー会社に運転していき、車を返却した。それからチャールズの隣に乗りこみ、警察署への道順を教えた。

「いっしょに行ってほしい？」チャールズがたずねた。

「いいえ、一秒とかからないわ」

アガサは警察署に入っていった。受付デスクの巡査部長は女性警官のトラルとタレット刑事としゃべっていた。アガサがデスクに近づいていくと、三人ともぴたっと黙りこんだ。

アガサは手紙と指輪ケースを巡査部長に差しだした。「お手数ですけど、これをジエソップ警部に渡していただけない？」

彼は無言で手紙とケースを受けとった。アガサは背中を向けて出ていった。

「あばずれ！」トラルが去っていく背中に大声で言った。

顔がかっと熱くなった。チャールズの隣に乗りこんだ。「最悪だった。ジムは署内の全員に言いふらしたにちがいないわ」

「歓迎されるとでも思っていたのかい？」チャールズは笑った。「次はどこ？」

「道案内するから町の中心の駐車場まで行って。猫用キャリーを買わなくちゃ」

猫用キャリーを買うと、無言のままホテルに向かった。突然、彼は叫び声をあげてブレーキを踏んだ。「あれを見て！」

「何なの？」

「『カサブランカ』をやっている」

「だから？」

「わたしは『カサブランカ』が大好きなんだよ。ぜひ観たいな。午後の二時だ」

「正午にチェックアウトする予定よ」

「もう一晩。わたしが支払うよ。ねえ、いいだろう、アギー」

「ああ、わかったわよ。でも、一人で行ってね。わたしは古い映画をまた観るのには耐えられないの」

「それに、おなかがすいているんだ。朝食のために車を止めさせてくれなかったからね」

ミスター・マーティンはもう一晩部屋を使ってもいいと言った。「彼の請求書につけてね」チャールズを親指で示した。「ランチをいただくわ」

コートと猫用キャリーを部屋に置くと、ダイニングルームに下りていった。ジェニファー、メアリー、デイジー、ハリーはじろじろ二人を見た。

「いかれた連中だなあ」チャールズはうきうきしながら言った。「まさに『毒薬と老嬢』から抜けだしてきたみたいだ」

二人はボリュームたっぷりのランチを無言で食べた。それからチャールズはコートをとりにいって、映画に出かけていった。彼が出かけると、アガサはホテルの静寂に息が詰まりそうになり、もう一晩滞在すると言わなければよかった、と後悔した。ジムが訪ねてきて、騒ぎになったらどうしよう。

重い食事とゆうべの活躍のせいで、とてもだるかった。スクラブルと並んでベッドに横になると、まもなくぐっすりと眠りこんでいた。ようやく目覚めると、もう六時だった。どうにか体を起こす。チャールズはどこなのかしら?

ジェームズ・レイシーはガーデン・ホテルに入っていった。テレビのニュースは提督の死について報道し、ミセス・レーズンが警察の取り調べに協力している、と言っていたが、今朝のニュースではそれ以上のことはわからなかった。かつてのよしみでこちらに来て、何か手助けできることがあるかと訊くのは自分の務めだと、ジェームズは考えた。

彼がフロントデスクに近づいていったとき、ほっそりしたこぎれいなサー・チャールズ・フレイスの姿がわきを通り過ぎた。

「チャールズ!」ジェームズは呼びかけた。

「これはどうも」チャールズは用心深く応じた。

「アガサの助けになれるかと思って来たんだ」

「彼女は大丈夫ですよ。老人は自然死だったんです。わたしはちょっと訪ねてきただけです」

ふいにミスター・マーティンが二人の隣に現れた。彼はチャールズに話しかけた。

「ミセス・レーズンとごいっしょの部屋代を払っていただけるということなので、宿泊カードにサインをお願いできますか？」

「え？　ああ、いいとも」チャールズはジェームズの激しい怒りの視線にびくつきながら答えた。

ジェームズはきびすを返すと、まっすぐホテルから出ていった。

チャールズは惨めな気分で宿泊カードにサインした。それから、出かけてどこかで一杯やることにした。大切なジェームズがやって来て二人が同室だということを知ったと聞いたら、アガサは怒りを爆発させるだろう。

アガサは数枚の衣類をとりだした。ドアがノックされた。「どうぞ」彼女は呼びかけた。

ドアが開き、デイジーが入ってきて部屋をじろじろ見回した。

ベッドからシャーッという音があがった。アガサは振り向いてスクラブルを見た。猫の目はぎらつき、毛が逆立っている。

アガサはとまどったようにデイジーを見た。

「あなただったのね？」アガサは言った。「そもそも、あなただったのね」

9

「それはフランシーの猫ね」デイジーは言った。「フランシーの猫をどうしたの？」

デイジーの声の妙におもねるような響きを聞き、無表情な顔を見て、ふいにこの人はおかしい、と悟った。ずっと頭のねじがゆるんでいたのに、誰一人それに気づかなかったのだ。でも、大声をあげたり、いきなり動いたりしたら、デイジーは完全に理性を失うだろう。それが怖くて、アガサは冷静な声を出した。「浜辺をうろついているのを見つけたの」スクラブルはまだシャーシャー言いながら唾を吐きかけ、緑の目をぎらつかせている。

「すわって、デイジー。話し合いましょう」

デイジーは腰をおろした。アガサはスクラブルを抱き上げ、バスルームに閉じこめた。

「猫はあなたを前に見たことがあったのね。ねえ、全部しゃべってちょうだい、デイジー」

「しゃべるって何を？」デイジーは頭を左右に振った。

「フランシーがあなたを脅迫していたんでしょ」

「そうじゃないの」デイジーは道理を説いて聞かせるかのような口調になった。「まるでちがうわ。彼女はね、わたしのお金をとったの」

アガサはベッドにすわった。どうしてこんなに落ち着いていられるのかしら。

「ここにはわたしたち二人だけよ、デイジー。警察はいない。本当のことを話して」

「ずいぶん昔にさかのぼるわ」デイジーはため息をついた。「誰にも言わない？」

「ええ」アガサは言いながら、証人も証拠もないからどうすることもできないわ、と残念に思った。ドアが少し開いている。立ち上がって閉めようかと思ったが、デイジーの話を遮りたくなかった。

「主人が亡くなったとき、わたしはうしろめたかったわ。誰かが死ぬと、必ずうしろめたく感じるものなのよ」デイジーは少女のようなクスクス笑いをもらした。どなり散らし、わけのわからないことを叫ぶよりも、その笑い声のほうがぞっとした。「主人とひどいけんかをしたばかりだったの。だから、わたしがいけないんだと思った。主人は提督に恋をしていることで、わたしをなじったのよ」

「じゃあ、あなたは……そのときも？」

「ええ、わたしは彼にずっと夢中だった。ヒューが死んでくれてとてもほっとしたけど、このままじゃ、神さまに罰を受けると思ったわ。それでヒューがあの世でちゃんとやっているかどうか知るためにフランシーのところに行った。なぜかフランシーはわたしの提督への気持ちを知っていたの。提督に向ける視線のせいかもしれないわね。霊の声はヒューの声にそっくりだった。おまえは一度も自分を愛してくれなかったから、その報いを受けなくてはならない、とヒューは言った。わたしの頭は罪悪感と恐怖でいっぱいだったんだと思うわ。フランシーに五千ポンドあげたの」

「何のために？」

「それを霊界に渡すと言ったから。そうしたらハリーがフランシーはインチキだと教えてくれたの。わたしはお金を返してと迫ったけど、彼女は返そうとしなかった」

「どうして警察に届けなかったの？」

「そうしたら、頭のいかれたまぬけな年寄りだって馬鹿にされるに決まってるもの。もうわたしにできることはないとあきらめかけたわ。そんなとき、ハリーが国税局にフランシーを通報できるんじゃないか、ってふと口にしたの。彼が支払いをしたときに別の部屋をのぞいたら、お金を金庫にしまっていたと言うの。わたしはいろんな人にフランシーの薬を勧めていたから、彼女の習慣についてもいろいろ知っていた。午後遅くに昼寝をすることもね。そこでせめてお金を取り返そうと考えたの。

わたしは出かけていった。ドアには鍵がかかっていなかった。夜までいつも鍵をかけていないの。現金の金庫を発見したら、それにも鍵がかかっていなかった。お金を全部とりだしたけど、千二百ポンドぐらいしかなかったわ。それはハンドバッグにしまった。

それから二階に行って、わたしのしたことを教えてやろうと考えたの。たぶん国税局に申告していないから、お金をとられてもどうにもできないと思ったのよ。もしかしたら飛びかかってくるかもしれないから、キッチンに行って武器になりそうなものを探して、大理石の麺棒を見つけたわ。とても役に立つわね、大理石の麺棒は」デイジーはまたクスクス笑い、片手を口にあてがうと、アガサに恥ずかしそうな、ほとんど媚びるような視線を向けた。高校生が校長先生にいたずらを告白しているみたいだった。

「そっと階段を上っていった。フランシーは眠っていたけど、ぱっと目を開けてわたしを見たの。『ああ、あなただったの。馬鹿なおばあさん』彼女は言いながら、スリッパをはこうと床に足を下ろしかけた。わたしをおばあさん、なんて呼ぶべきじゃなかったわね。一瞬、麺棒を握りしめて立ちつくしていたけど、気がついたときには力いっぱい頭を殴りつけていたの。

死んだのか生きているのかわからなかったけど、どうでもよかったわ。金庫と麺棒をキャリーバッグに入れて、外に出て、金庫は海に放り捨てた。意外だったわ。誰もいなかったの。だってねえ、つかまってもいいと思ってたのよ。金庫を捨てると、麺棒はホテルに持って帰ったの。わたしは非常階段から出てきたから、麺棒はホテルの庭に埋めたわ」

じゃあ、もう逃げられないわね、とアガサは思った。

「それでジャニーンのことはどうだったの？」

「降霊会で犯人が明かされそうになったとき、思いきりメアリーを蹴飛ばしたの。それで降霊会はだいなしになった。だけど怖くて心配になってきたの。ジャニーンが知っていたらどうしようって。提督がわたしに惹かれていることは感じていたから、プロポーズしてくれるのは時間の問題だと思ったわ」デイジーは体をのりだすと、アガサの膝をたたいた。「彼女は始末しなくてはならなかったのよ。わかるでしょ？」

そのとき、ホテルの連中は全員おかしいとチャールズが言っていたことが思い出された。この人は頭がどうかしている、とアガサはまた思った。どうしてこれまで見抜けなかったのかしら？

「それで非常階段から下りて、埠頭の入り口の公衆電話からジャニーンに電話したの。今回は手袋をしていったわ。お母さんにお金を借りているから支払いたい、ただし誰にも言わないでほしいと伝えたのよ。埠頭を歩きながら、フランシーに何千ポンドも借りていると話したの。ジャニーンはとてもわくわくしているようだったわ。お母さんそっくりね、欲張りなのよ。埠頭をしばらく歩くと、わたしは突然悲鳴をあげて言ったの。『水に死体が浮いてるわ！』彼女は言った。『どこ？』『あそこよ』わたしは叫んだ。ジャニーンは体をのりだした。どこからそんな力が出たのかわからないけど、わたしは彼女の足首をつかんで頭から海に突き落としたの。彼女は泳げなかったのよ。フランシーからそのことは聞いていたわ。彼女も娘も泳げないって。悲鳴をあげているのが聞こえたから、逃げだしたわ」

「後悔はまったく感じないの？」アガサは好奇心からたずねた。

「どうして？」デイジーの目がぎらついた。「悪い女たちだったのよ」

「フランシーのお金をとって、それでおしまいにはできなかったの？」

「まさか！　彼女はわたしを罵倒した。ジャニーンもよ。あなたたちみんなと同じように。邪悪な女たちだったのよ」

「デイジー、わたしは警察に行って、今聞いたことを話さなくちゃならないわ」

「誰もあなたの言うことなんて信じないわよ。証拠が何もないもの」

じゃあ、庭の麺棒のことは今ここで言わないほうがいいわね、とアガサが考えていたときに、ミスター・マーティンが入ってきた。

「お話があるんですが、ミセス・レーズン。でも、今話されていたことは聞いてしまいました。残らず聞きました。ミセス・デイジー・ジョーンズ、あなたを部屋に連れていって警察が到着するまで閉じこめておくつもりです。来てください」

驚いたことに、デイジーは立ち上がるとスカートの皺をなでつけ、ホテルの支配人の前を通って出ていった。どうしてあんなにおとなしいのかしら？

チャールズが入ってきたので、アガサは彼に飛びついた。ふいに張り詰めていた神経がゆるみ、デイジーのこと、殺人のことをしゃべりまくった。

「さあさ、落ち着いて、アギー。全部話してくれ、ゆっくりと」

アガサは震えながらデイジーが言ったことを要約し、「あんなふうに部屋に行くなんて信じられない、あんなにおとなしく」としめくくった。

「麺棒についてしゃべったことを覚えていないように祈ろう」

「どうして？」

「だって、部屋から出る方法が見つかれば、ホテルの庭に下りていって掘り出すだろうからね」

「窓よ！」アガサは息をのんだ。「彼女の部屋の窓」アガサはドアから飛びだしていき階段を下りると、建物のわきに回った。庭にデイジーの姿はなかった。

「あの上だ！」いきなり背後から現れたチャールズが叫んだ。

デイジーは窓の外に突きでた窓台の上でバランスをとっていた。彼女の部屋は二階だったが、一階の天井がとても高かったので、地面からかなり距離がある。

デイジーは二人を見下ろした。遠くにパトカーのサイレンが聞こえてきた。

「もう手遅れよ」アガサが叫んだ。「部屋に戻りなさい。けがをするだけよ」

しかしデイジーは窓台から飛び下り、真っ逆さまに岩石庭園に落ちていった。胸の悪くなるようなガツンという音を立てて頭が岩に当たり、そのまま動かなくなった。

チャールズが彼女に駆け寄り、かがんでのぞきこんだ。「動かさないほうがいい」

彼は肩越しにアガサに叫んだ。

アガサがホテルのフロントに駆けて行ったとき、ジム・ジェソップが最初のパトカーから降りてきた。

「デイジーだったの」アガサは言った。「庭にいるわ。ひどい怪我をしている」

「救急車を呼べ」ジムは巡査に指示した。「案内してくれ、ミセス・レーズン」

警官たちはアガサのあとからホテルの庭園に入っていった。ジムはチャールズを手振りでどかせ、デイジーのかたわらにしゃがみこんだ。彼女の脈をとる。

ジムは二人を見上げた。「もう手遅れだと思う。ホテルに戻ってください、ミセス・レーズン。それからあなたも。質問に答えていただかなくてはならない」

アガサは胸がむかついて体が震えていた。チャールズに支えられながらホテルに戻っていくと、メアリー、ジェニファー、ハリーが待っていた。

「ミスター・マーティンが犯人はデイジーだったと言っていたが」ハリーが言った。

「そんなはずないわ」メアリーがすすり泣いた。アガサはめまいがして吐き気がしたが、ジェニファーもハリーも驚いていないようだ、と感じた。

アガサはミスター・マーティンに言った。「聴取が必要なら部屋にいると警察に伝えて」

彼女とチャールズは二階に上がっていった。部屋に入ると、二人ともベッドにすわりこんだ。バスルームから哀れっぽい鳴き声がしたので、アガサは立ち上がって猫を出してやった。それからチャールズの隣に戻った。

「どうしてそんなに落ち込んでいるのかわからないよ、アギー」チャールズが彼女の手をとりながら言った。「あなたの直感とスクラブルの行動がなければ、デイジーはこのまま罪に問われなかったかもしれない。そして、わたしの予想を言おうか？　おそらく次の犠牲者はあなただっただろうね。何十年にもわたる提督への執着のせいで、デイジーは精神のバランスが崩れたんだと思うよ。あなたが誘惑しなければ提督は生きていて、いずれ自分と結婚したと考えたんだろう」

アガサは身震いした。「わたしは他人の人生に首を突っ込んでばかりだわ。カースリーに戻ったら、善行をほどこしながら静かに暮らすことにするわ」

「そんなことになったら世も末だな」チャールズは笑った。

「本気よ。ミセス・ブロクスビーみたいになるわ」

アガサは立ち上がった。「スクラブルにえさをやったほうがいいわね。もうじき警察に呼ばれるでしょうし」

「わたしがするよ」チャールズはキャットフードの缶を開けて、スクラブルの水用ボウルを一杯にしてやった。「心配いらないよ、アギー。朝にはここを出られるから」

ドアがノックされた。チャールズが出ると警官が立っていた。「お二人とも警察署にご同行いただきたいんですが……」

二人はコートを手に彼のあとから階下に行った。「どうかもうひと晩だけにしてください、神さま」アガサは海を眺めながらつぶやいた。「あとひと晩だけ。そうしたら二度とここには来ません」

警察署でアガサはジムとピーター・キャロル部長刑事に質問をされた。

アガサはどうしてデイジーが部屋に来たのかから始まり、猫の反応、いきなりデイジーが殺人犯だと気づいたことについて洗いざらい語った。

「どうしてわかったんですか?」キャロルが質問した。

「わかりません」アガサは惨めに言った。「チャールズがみんな頭がいかれている、と言ったことのせいかもしれません。彼は冗談で言ったんです。でもその瞬間、デイジーの精神が壊れていることに気づいたんです」

「ミセス・フランシー・ジャドルの死についてのあなたの供述だと」とキャロルが言った。「彼女の猫はあなたに飛びかかってきたと言ってましたね。では、どうしてデイジーが殺人犯だと考えたんですか?」

「ただの直感です。命は助かりそうですか?」

「亡くなりました」ジムが答えた。

アガサは両手で顔を覆った。「ああ、麺棒のことを忘れていたわ。だから彼女は庭に行ってそれを取り戻そうと必死だったのよ。庭に麺棒を埋めたんです」

「ちょっと待ってください」二人とも部屋を出ていった。

アガサの膝は震えてきた。両手を膝にあてがった。

しばらくして二人は戻ってきた。「麺棒をどこに埋めたのか正確な場所は言ってませんでしたか？」キャロルがたずねた。

「ホテルの庭だとしか」

「いずれ見つけますよ。では、もう一度最初からお願いします。ところで、あなたの部屋にいる猫ですが、あれは故ミセス・ジャドルの猫じゃありませんよ」

「何ですって！　確かですか？」

「その猫はクリフが預かっています。きのうの朝、話を聞きに、また彼のところに行ったんです。あの猫は彼といっしょにいました。では、また最初から話してください」


とうとうアガサは解放された。「朝にここを発ちます」彼女は言った。

「来週の検死審問には出席してもらわねばなりません」ジムが言った。「時間と場所は追ってご連絡します」

「二度とここから逃れられないのね」アガサは苦々しく言った。

「ちょっと二人だけにしてほしい」ジムはキャロルに言った。

二人だけになると、ジムは静かに言った。「すわって、アガサ」

アガサはすわったが、目に涙があふれてきた。

「あなたがいなかったら、われわれは彼女をつかまえられなかっただろう」ジムは言った。「あなたと話したいと言った理由は、あなたに警告しておくぐらいの愛情がまだ残っているからだよ」

アガサはティッシュを一枚とると、涙をふいた。「何について？」

「サー・チャールズについてだ」

「彼が何か？」アガサはほんのり顔を赤らめながらたずねた。

「彼が准男爵だし年下なので、あなたはのぼせているんじゃないかと思うんだ、アガサ。でも、レディ・フレイスになることを考えているなら、あきらめたほうがいい」

「わたしは一瞬だって――」

「サー・チャールズはあなたのことを、ときどき関係を持つ気楽な友人でしかない、と言っていた。何の意味もないと。わたしはあなたの世界の人間じゃないようだ、アガサ。ゆきずりのセックスは信じていないからね」

「わたしだってそうよ、ジム」

「じゃあ、残念だ。彼にとってはあくまで気楽な関係で、それについて隠そうともしなかった」

アガサは立ち上がった。「もう失礼したいわ」

ジムがうなずいたので、アガサは部屋を出ていった。

チャールズはすわってアガサを待っていた。「少し話をしたいの」アガサはむっつりと言った。「歩きましょう」

警察署から出ると、チャールズはことさら明るい声で言った。「まだマスコミは来てないな。でも、じきにマスコミ連中が押しかけてくるだろう」

「チャールズ、わたしは何の意味もない存在だと警察にしゃべって、わたしをさらにみじめな気分にさせることが必要だったの？」

「そんな言葉は使ってないよ。警部がとても落ち込んでいたようだったし、わたしはあなたの人生をだいなしにしてしまったと申し訳なく思ったんだ。警部は本当にちゃんとした人だし、もっと悪い結果になった可能性だってある。たんに修復に手を貸そうとしただけだよ」

「言っておくけど、ジム・ジェソップのような人は成り行きで寝てしまうような女には二度と目を向けないのよ、まぬけね」

「今が九〇年代だってことを知らないのかな?」

「もう、チャールズ。あなたはろくでなしよ」

彼はアガサの腕をとった。「けんかはよそう。何時だろう? もうホテルのダイニングルームは閉まってるね。ああ、見て、あそこにフィッシュ・アンド・チップスの店があるよ」

二人はホテルへの帰り道にフィッシュ・アンド・チップスを食べた。

それからホテルに入っていった。

「だめだよ、固有名詞は許されていないんだ」ハリーの声がラウンジから聞こえてきた。「そのことは知ってるだろう、ジェニファー」

「まだスクラブルをやっているんだわ」アガサは驚いた。「複数の人が殺され、窓から落ちた人がいるのに、まだスクラブルをやっている。ああ、そうそう、信じられる? わたし、まちがった猫を飼っていたの」

「どういうこと?」

「スクラブルはフランシーの猫じゃなかったのよ」

「じゃあ、デイジーはあなたに危害を加えるために部屋に来たんだよ。動物は危険を察知するからね」

ミスター・マーティンが二人に近づいてきた。「まったく災厄ですよ。もうこのホテルは破滅です」

「あら、マスコミを入れなさいよ」アガサはうんざりしながらアドバイスした。「連中はお酒をたくさん飲んで、お金をたくさん落としていくわよ。それにシーズンになったら満室になるわ。世間はとても悪趣味だから。このホテルはとても有名になるわよ」

「しかし、住人のみなさんはここにマスコミが来ることに賛成しないでしょう」

「残っているのは三人だけだよ」チャールズが言った。「この悲劇からお金儲けをするべきなんじゃないのかな？　マスコミは金遣いが荒い。ホテルのバーのお酒を一滴残らず飲み干すだろうね」

ミスター・マーティンの顔が明るくなった。「お三方はここにそんなに長くいらっしゃらないと思います」

「そのとおりね」アガサは言った。

彼女とチャールズは二階に行った。

「今夜は妙なことはしないでね」アガサは厳しく釘を刺した。

「あなたは独特の言葉遣いをするんだね、アギー」チャールズは言った。

しかしチャールズがベッドに入ってきてアガサのペーパーバックを読みはじめると、なぜか彼女はいらだちを覚えた。アガサが眠りに落ちたときも、彼は本を読み続けていた。


朝になり、出発する前に、警察から電話があり、検死審問が水曜の朝十時に検死法廷で行われると連絡があった。

「元気を出して、アギー」ワイカーデンをあとにして走りだすと、チャールズが言った。「このいまいましい土地にはあと一度来ればいいだけなんだから」

アガサは家への帰り道、ジェームズ・レイシーのことを頭から追い払おうと必死に努力していた。しかし、コッツウォルズのどこかのレストランに二人ですわり、自分が冒険について雄弁に語っている場面が追い払っても追い払っても目に浮かぶのだった。

ようやくコテージに着くと、チャールズはスーツケースと猫用キャリーを運ぶのを手伝ってくれた。

「すぐに失礼するよ、アギー。今度の水曜の朝六時半ぐらいに迎えに来て検死審問に連れていくよ。あるいは、前の晩から泊まってもいいね」

アガサは身震いした。「いいえ、朝早く出発するのでかまわないわ」

チャールズが帰っていくと、アガサは猫をキャリーから出してやった。二匹の先住猫、ボズウェルとホッジは新入り猫を受け入れてくれたので、ほっと胸をなでおろした。猫たちにえさをやると、庭に出してやった。

それから受話器をとって、ジェームズ・レイシーに電話した。誰も出なかったし、彼の家の外には車がなかった。

彼女は牧師館まで歩いていった。「あら、よかった、戻ったのね」ミセス・ブロクスビーは言うと、夫に呼びかけた。「アガサが戻ったのよ」

牧師は立ち上がると、そそくさとドアから出ていった。「教会に行ってくる」彼は叫んだ。

「入ってちょうだい」ミセス・ブロクスビーは言った。「すわって。新聞で残らず読んだわ」

「殺人犯を発見したのはわたしだって書いてあった？」アガサはたずねた。

「いいえ、デイジー・ジョーンズが住人の一人に犯行を話しているのをホテルの支配人が立ち聞きしたと書かれていたわ。それがあなただったの？　なんて抜け目ないの。すっかり話してちょうだい」

そこでアガサは顚末を語った。こうして静かな牧師館のリビングで話していると、ワイカーデンでのできごとはまったく見知らぬ遠い世界のことのように感じられた。

「それで警部とはどうなったの？　彼の話は何も出てこなかったけど」

「だめになったわ。チャールズとベッドにいるところを見られたの」

「まあ、さんざんだったわね。でも、恋を失った痛みはないでしょ」

「屈辱を感じているだけ。ジムはいい人なの。彼を失うのは残念だわ。うまくいったかもしれないのに」

「だけど、あなたは彼を愛していない。それに結婚したら、ワイカーデンに住まなくちゃならないのよ」

「絶対いやよ。天候があんなに激しく変わる土地って初めてだわ。検死審問の日はたぶん竜巻になるかも」

「ここだって悪天候のときはあるわよ。恐ろしい洪水も。イヴシャムの通りには救助艇が係留されているし、モートン・イン・マーシュだって水があふれたわ」

「ところでジェームズは?」アガサはいきなりたずねた。

「フレッド・グリッグズに鍵を預けて出かけたわよ」フレッドは村の警官だった。

「サセックスの友人のところに滞在すると言っていたらしいわ」

「じゃあ、もうじき帰ってくるのかしら?」

「そうみたいね」


というわけで、ジェームズ・レイシーの車がコテージに戻ってくるのではないかと、アガサは隣を見張りながら待っていた。

ジェームズは検死審問の前夜遅くに帰ってきた。洗濯をしてから、またスーツケースを荷造りした。ギリシャに行く予定でいたのだ。朝になったらアガサを訪ねてあいさつしようかとちょっと考えたが、警部についての自慢話は聞かされたくなかった。

早朝、アガサのコテージの前に車が停まる音でジェームズは目を覚ました。ベッドから出ると、踊り場の途中の横窓からアガサのコテージの玄関を見下ろした。彼女はチャールズといっしょに出てきて、チャールズの車に乗りこんだ。とても楽しそうだった。

彼はベッドに戻った。

自分はアガサ・レーズンの過去の一部になったのだ。だから、彼女も自分の過去にしておこう。

検死審問はアガサが予想していたほど苦痛ではなかった。彼女とチャールズはそれぞれ証言をした。

マスコミが外で待っていたが、アガサは法廷でジムの姿を目にしてすっかり気が滅入っていたので、脚光を浴びる気になれなかった。質問にも答えず、顔の前で光るフラッシュも無視して、チャールズの車に乗りこんだ。

「さよなら、永遠に」車が町から出ていくと、アガサはつぶやいた。

10

三カ月後、アガサ・レーズンはセーブ・ザ・チルドレンの基金集めのためにくじを売っていた。これは意義のある催しだったし、アガサは募金集めを成功させるために委員会を組織して精力的に働いてきた。いまやミセス・ブロクスビーと同じように、自分も静かで穏やかな光を目にたたえて世の中を眺めるようになったはずだと感じていた。コンパクトをとりだして小さな鏡の中をのぞいてみた。クマみたいな目が悲しげに見つめ返してきた。

ジェームズはギリシャに去ってしまい、アガサは退屈していることを認めないわけにいかなかった。「三枚もくじを買ったのに、全部缶詰のサーディンだったんだよ」年とったミセス・ボグルが文句を言ってきた。

「一枚二十ペンスですから、お得ですよ」アガサはぴしゃりと言い返した。

「いちばんいい賞品は自分たちのためにとってあるんだろ、わかってるよ」ミセス・

ボグルは言いがかりをつけた。アガサは彼女を無視して、さらにくじを売った。次の二人はそれぞれウィスキーのボトルとチーズの詰め合わせを引き当てたので、アガサは溜飲が下がったし、ミセス・ボグルはうらやましそうな目つきで眺めていた。彼女はもう一枚くじを買った。シャンプーが当たった。

「さあ、どうぞ」アガサは楽しげに言った。「これなら文句は言えないでしょう」

だがもちろん、ミセス・ボグルは本当はウィスキーがほしかった、とぶつぶつ言った。一日が過ぎていった。モリスダンスの音楽の鈴の音がアガサの神経に障りはじめた。

彼女は落ち着かず、もっと刺激がほしかった。チャールズに電話したが、忙しいと浮かれた口調で断られた。チャールズの「忙しい」はどこかの女性を追いかけているという意味だった。

万国旗がやさしいそよ風に翻っている、この晴れた日に、アガサはジムのことを考えずにはいられなかった。自分のコテージは夜になるともはや安らぎの場所でも隠れ家にも感じられず、相手はテレビしかなく孤独で退屈だった。ミセス・ブロクスビーは〝新しい〟アガサを聖人の仲間入りをさせようとして、次はロングボローでの慈善祭りを手伝うことになっているわよ、と言った。

ジムと結婚していれば、妻に、ミセス・ジェソップになっていたのに、とアガサは残念だった。警察は惚れ薬と毛生え薬を返してくれた。アガサはどちらもバーミンガムの研究所に送って分析してもらったが、惚れ薬はアニス風味の水で、毛生え薬はスーパーマーケットで二十五ポンドで手に入る市販の製品だった。フランシーはただラベルをはがしただけだった。となると、ジムが彼女を好きになったのは魔法の力ではなかったことになる。彼は不機嫌で冷たいジェームズ・レイシーとも、気まぐれで道徳心のないチャールズともちがう。きちんとした人間で、彼女を愛していたし、指輪もくれた。

ワイカーデンはそこそこよかったわ、と機械的にくじを売り、にっこりして賞品を渡しながら、アガサは思った。ひどい土地に思えたのは、たんに殺人事件とぞっとする天候のせいだったのだ。

しばらくするとジムを取り戻せるかしら、と考えはじめた。チャールズのことなら説明できる。動揺していたし飲みすぎたからと。彼があの温かい微笑を向けてくれたら、さぞほっとするだろう。婚約が解消になったと知ったときに感じた大きな安堵のことは忘れかけていた。

ワイカーデンに戻っていって、彼と話だけでもしてみたらどうかしら？

行動を起こす、なんらかの行動を起こすという考えが頭から離れなくなった。そして、そういう夢想に浸っていると、どんなに善行をほどこしても感じることのないような幸せな気持ちになってきた。

その日が終わり、アガサは片付けを手伝っていた。ミセス・ブロクスビーはアガサの幸せそうな顔を見て驚き、もしかしたらアガサは本当に善行が向いているのかもしれないと思った。

ただし、それは、ワイカーデンに戻ってジムに会うというアガサの計画を聞かされるまでのことだった。はねつけられるだけだ、とミセス・ブロクスビーは反対しようとした。ジム・ジェソップの世界、つまりありふれたきちんとした人々の世界をアガサよりもよく知っていたからだ。しかし、その言葉をのみこんだ。もしかしたらジムはアガサにぴったりの男性なのかもしれない。ありふれたきちんとした男性だというのは、アガサの言葉にすぎないのだ。それに世間には友情と安定のためだけに結婚する女性はごまんといる。だったらアガサがそうしてもいいんじゃないかしら？　そこでジムに会おうとしたら、アガサ・レーズンはもっと惨めになるだろう、という良心の声を無視して、彼女の幸運を祈ったのだった。

アガサはすぐに出かけなかった。エステに行き、顔のお手入れをして、眉毛を整えてもらった。それから美容院に行き、イヴシャムの美容院の隣の新しいブティックで新しい服を選んだ。かわいくて女らしいものと、シャープでビジネスウーマンらしいものとのあいだで悩んだ。最終的にビスケット色のリネンのスーツと、それに合わせる淡い黄色のしなやかなシルクブラウスを選んだ。カースリーに戻ってくると、掃除をしてくれているドリス・シンプソンに電話して、また数日だけだが出かける、えさをやってもらう猫が一匹増えた、と伝えた。

どんどん自信がついてきてアガサはぐっすり眠り、翌朝早くワイカーデンまでの長い旅に出発した。

ワイカーデンに入っていき、郊外の小さくてこぎれいな別荘やバンガローを通り過ぎながら、それらを新たな目で眺めた。わたしはこうしたバンガローで芝生を刈り、車を磨きながら暮らすことができるのよ。

まっすぐガーデン・ホテルに行った。浜辺は暖かく、埠頭の売店も営業していた。冬のあいだはあんなに威嚇的だった海は穏やかでなめらかな群青色に輝いている。水平線を通り過ぎていく船は子どものおもちゃみたいに見えた。

ホテルでは華やかな美人フロントスタッフがいて、客がひっきりなしに出入りしていた。

フロントスタッフはにっこりして、お客さまは幸運だったと言った。今朝ちょうどキャンセルが出たのだと。新しいホテルの制服を着た若くて粋な外国人ポーターが、彼女の荷物を部屋に運んでくれた。古いホテルは活気があり繁盛していた。ハリー、ジェニファー、メアリーはまだここに住んでいるのかしら？ それとも新しい客が大挙してやって来て追いだされたのかしら？ でも、気候がよくなるとお客が大勢来ることには慣れている、と言っていたっけ。

アガサは受話器をとり、警察署にかけた。「ワイカーデン警察です」受付係の巡査の声がした。「ジェソップ警部をお願いします」アガサは言った。

「はい、お名前をうかがってもいいですか？」

「アガサ・レーズンです」

「警部は事件で外出中です」巡査の声が鋭くなった。

「いつお戻りですか？」

「わかりません。もうじきでしょう」

「わたしはガーデン・ホテルに泊まってるの。電話をくれるように伝えていただけないかしら？」

「警部に会ったらね」受付係の巡査はそっけなく言って電話を切った。

アガサは新しいリネンのスーツとブラウスに着替え、フロントに下りていきミスター・マーティンに会いたいと言った。

ミスター・マーティンはオフィスから出てきて、老水夫が嵐の前兆を見つけたかのような目つきでアガサを見た。「ああ、これは……またお会いできてうれしいです」

「ミス・ストップズ、ミス・ダルシー、ミスター・ベリーはまだここに住んでいるのかしらと思って」

「ええ、みなさんいらっしゃいます」彼はフロントデスクの奥の鍵の列を見た。「ただいまはみなさん外出していらっしゃるようですね。ええと、長くご滞在ですか？」

「二日ぐらいかしら」

アガサは日差しの中に出ていき埠頭を歩いていった。コートを持ってくればよかったと思った。太陽が出ていて暖かかったが、海風は少し冷たかった。そのときおみやげ物の売店のあいだに、新しいブースが出ているのが見えた。「神秘のマダム、占い師」

今日これからどうするか決めるまで時間つぶしになりそう、とアガサは思った。

神秘のマダムは長い黒のガウンを着て頭にターバンを巻いていた。

「すわって」彼女は言った。「占いは十ポンドです」

「わかりました」

「先にお金を」

アガサは十ポンド札を差しだした。

「両手を見せてください」神秘のマダムは言った。

アガサは両手を差しだした。「あなたは健康でしっかりした女性で、人生で成功をおさめてお金もありますが、愛がありませんね」

「じゃあ、これから愛が手に入る?」アガサはたずねた。どうしてこんなペテン師のところに来ちゃったんだろう?

「もしかしたら。ただし、探さなくてはなりません。今は何も起きない小さな場所に住んでいるからです」

それはあなたの考えでしょ、とアガサは思った。

「あなたの人生の愛はノーフォークにあります。その男性は金髪で長身です。奥さんを亡くしています。彼を探しに行かなくてはなりません」

「ノーフォークといっても広いわ。どこなの? 北? 南? それとも東か西?」

「ノーフォークまで運転していけば、何かに導かれるでしょう」

彼女は黙りこんだ。

「他には？」

「ワイカーデンにいてはなりません。ここまで来た理由は忘れて家にお帰りなさい」

「何ですって？　ノーフォークじゃなくて？」

「いずれそこには行くでしょう。それ以上はわかりません」

お金をむだにするのはもうやめよう。アガサは日差しの中に出ていった。

するとそこにハリー・ベリーがいて、埠頭の手すりにもたれて釣り人たちを眺めていた。

アガサは彼に近づいていった。「お久しぶり、ハリー」

彼は振り向いた。「ああ、あなたか。どうしてまた戻ってきたんだね？」

「何もすることがなかったから。これからジム・ジェソップに会おうかと思っているの」

ハリーの目がおもしろそうに一瞬だけ光った。

「ホテルはにぎわっているようね」アガサは言った。

「もう前とはちがうよ。まず、マスコミが詰めかけてきて、デイジーが窓から落ちた部屋を見たがった。それから食事が贅沢だという評判が広まって、ありとあらゆる観光客がやって来るようになった」

「ジェニファーとメアリーはどうしているの？」

「元気だが、われわれ全員が別のもっと静かなホテルに引っ越すことを考えている」

「デイジーが殺人犯だとわかって、とてもショックだったでしょう？」

ハリーは背中を向けて、海に視線を戻した。「いや、あまり」

「何ですって！　すべて知っていたのにずっと黙っていたのね」

「ただの勘だよ。提督はたぶんデイジーだとしょっちゅう口にしていた」

「まあ！　誰も殺人事件について話題にしないのかと思っていたわ」

「いや、していたよ、あなたがいないときに」

グループの一員だと思っていたのに、こんなものなのね、とアガサはいまいましかった。「何も言ってくれないなんて、どうしてわたしはのけ者にされていたの？」

「知ったら騒動を起こすと思ったし、われわれは騒ぎが好きじゃないからな」

「じゃあなぜ警察に行かなかったの？」

「なぜって、まちがっているかもしれないし、デイジーはわたしたちの仲間だったからだ」

アガサは彼をじっと見つめた。「あの雪の女性」ゆっくりと言った。「デイジーが自白するんじゃないかと期待して、できるだけフランシーに似せるように作ったんでしよ」

「まあ、そんなところかな。もう終わったことだ、かわいそうなデイジー」

「かわいそうなデイジーですって？　彼女は二人の女性を殺したのよ」

「連中は殺されて当然だった。デイジーじゃなければ、別の人間に殺されていただろう」

「じゃあ、またね」アガサは背中を向けて歩み去った。チャールズは正しかった。彼らはまちがいなく頭がおかしい。

アガサはパブに行き、ジムが現れるのを待つことにした。絶対に事件で外出しているのではない。受付の巡査は彼女をジムに近づけまいとしただけなのだ。

パブで一時間粘ったが、ジムは現れなかった。ホテルに戻り、車に乗ると警察署に行き外で待つことにした。ワイカーデンは犯罪がほぼゼロの土地に戻ったようだった。ほとんど誰も警察署を出入りしなかった。時間が刻々と過ぎていった。アガサは早朝に出発したので眠くなってきた。

そのとき彼の長身の姿が警察署を出てくるのが見えた。アガサは取っ手に手を伸ばしてドアをぐいっと開けると叫んだ。「ジム！」

彼は振り向いてアガサを見つけると、あの懐かしいうれしげな笑みを浮かべた。彼はまだわたしを愛している。よかった。アガサは急いでジムのところに行った。

「これは驚いたな」ジムは言った。「どうしてまた戻ってきたんだい?」

「あんなことをして、とても申し訳なく感じていたの。それでまた会いたくなったのよ」

「一杯やりに行こう」ジムはアガサの腕をとった。「話すことがどっさりあるんだ」

二人は近くのパブに入った。どうしてこの町を嫌いだなんて思ったのかしら? アガサは浮かれながら思った。ジムといっしょに死ぬまでこの町で暮らすわ。

「いつものでいい、アガサ?」アガサはうなずいた。昔に戻ったようだった。ジムは彼女にジントニック、自分には半パイントのラガーを持ってきた。

「じゃあ、話して、何があったの?」アガサはたずねた。向かいの鏡でちらっと自分の姿を確認した。つやつやした茶色の髪、きれいなメイク、しゃれたリネンのスーツ。安心と満足を感じた。

ジムは手を彼女の手に重ね、じっと目をのぞきこんだ。

「わたしは結婚するんだ、アガサ。あなたのおかげでね」

アガサはまじまじと彼を見つめた。それから鏡を見た。疲れた中年女性が見返してきた。

「実はね」ジムは意気込んでしゃべりだした。「あなたと准男爵との関係にはひどいショックを受けて、二度と別の女性など見つからないだろうと思っていた。そうしたらグラドウィンが警察署に来たんだ。グラドウィン・エヴァンスは」とジムはかすかに顔を赤らめ、手をどかした。「若い未亡人だった。まだ三十五歳でね。家に泥棒に入られ、驚いたことに、うちのすぐ近所に住んでいたんだよ。でも仕事に忙殺されて、彼女にまったく気づかなかったんだ。最近引っ越してきたばかりだったしね。わたしたちは親しくなって、気がつくと、あなたのことも洗いざらいグラドウィンにしゃべっていたんだ」

アガサは心の中でうめいた。

「グラドウィンはとても同情してくれた。すぐ近所に住んでいたので、しょっちゅう会うようになり、そのうちわたしの食事を用意してくれるようになった。こんなにかわいくて若い女性が面倒を見てくれるなんて信じられなかったよ。だから彼女にこう言われるまで行動に出る勇気がなかった。『ねえ、わたしたち、結婚したらどうかしら？』ってね。あなたのことを話したおかげで、お互いに親密な話もできるようになったんだよ、わかるだろう」

「心からうれしいわ。あれは……あの問題はどう？」

「ＥＤかい？　忘れてくれ」彼は椅子に寄りかかって笑い声をあげた。「グラドウィンは妊娠しているんだ！　だからわたしは父親になるんだよ。この年でね。宝くじを当てたような気持ちだよ。いや、宝くじよりもいいね」

「乾杯」アガサは力なく言って、グラスを持ち上げた。

「ぜひグラドウィンに会ってほしいんだ」

「何ですって？」

「彼女に会ってみたいだろう？」

「そうね、それはどうもご親切に」アガサは弱々しく答えた。本当は逃げだしたかった、できるだけ遠くに。

しかしアガサはジムといっしょにパブを出ると、それぞれの車に戻った。

「あなたがどこに住んでいるか忘れてしまったわ、ジム」

「ついてきて」

そこでアガサは彼の車についていったが、ハンドルを切ってガーデン・ホテルに戻り、荷造りして家に帰りたくてたまらなかった。ワイカーデンはいまや敵意に満ちた町に感じられた。どこに行っても軽蔑の目で見られているみたいだ。

グラドウィンは若いけれど、たぶん分厚い眼鏡をかけて脂ぎった髪に流行遅れの服を着た、いかにも主婦らしい女だろう。車を降りてジムのあとから庭の小道を歩きながら、アガサはそう自分を慰めた。

ドアを開けたのは、なめらかな白い肌と大きな茶色の目をした黒髪でふくよかなウエールズ女性だった。

「こちらが誰なのか想像もつかないだろうね！」ジムは叫んだ。「あのアガサ・レーズンだよ！」

ショックに続き、心からの憎悪がグラドウィンの大きな目をよぎったが、彼女は笑みを浮かべた。「どうぞ」

アガサはジムの改装されたバンガローに入っていった。壁は暖かいパステルカラーに塗られていた。リビングにはミシンが置かれ、雑誌や本が居心地よく散らばり、壁には版画がかけられている。

「お茶を持ってきますね」グラドウィンが弾んだ声で言った。「どうかおしゃべりしていてください」

「帰る前に、ぜひ子ども部屋を見てほしいな」ジムが言った。「そうそう、他にもあった。あの毛皮のコートのことは覚えているだろう？」

「ええ」

「グラドウィンは毛皮職人を知っていて、彼が見事に修繕してくれたんだ。まるで新品みたいだよ。かまわないよね？」

「ええ」アガサはふいにそのことがとても気に障ることに気づいた。

「麺棒は発見されたの？」アガサはたずねた。

「ああ、たしかに庭に埋められていた」

「じゃあ、それについていた血痕のDNAがフランシーのものと一致したのね」

ジムはふんと鼻を鳴らした。「DNAのことなんて言いださないでくれ。十万件もの事件が未解決だって知ってるかい？　警察は裁判までに証拠が出てこないと事件から手を引くしかないんだ。彼女が自殺して、裁判費用や長期の収監にかかる税金を節約できたわけだが。彼女のことはまったく疑っていなかったよ。てっきりジャニーンの夫だとばかり思っていた」

「観覧車の一件はどうなったの？」

「何も。そうじゃなかったら、あなたはまた法廷に呼びだされていたよ。全員が口を揃えて、あれは機械の故障だと主張した。人生は不思議なものだね、アガサ。グラドウィンに出会う前にあなたがまたここに来たとしたら、まだあなたを憎んでいただろうから一切の関わりを持たなかっただろう。でも、今は恋をしているし、それが奇跡のように感じられるんだ。しかも、あの不愉快な殺人事件が解決したのもあなたのおかげだし、グラドウィンに自分の気持ちや思いを話せたのもあなたのおかげなんだよ」

「本当に寛大な人なのね」アガサは言いながら、ジェニファーやメアリーやハリーと同じように自分も頭がおかしいのかしら、と思った。あんな破廉恥な真似をしたあとで、よく彼の人生にまた入りこめると考えたものだ。

グラドウィンがお茶のトレイと自家製のケーキを運んできた。

「どうしてワイカーデンに来ることになったんですか？」アガサは礼儀正しくたずねた。

「主人が亡くなって一年ぐらいして、まったく思い出のない新しい土地で新しいスタートをしたいと思って。マーサーティドビルの家を売ってこちらに来たんです。海が好きでしたから。ああ、ジムからコートのことを聞きました？」

「ええ、あなたに着ていただけてうれしいわ」

「お見せしますね」グラドウィンは部屋を出ていき、すぐにミンクのコートをはおって現れた。毛皮職人はすばらしい仕事をしていた。アガサは喉に何かがこみあげてきた。毛皮が流行していた時代、このコートを着てボンド・ストリートを歩きながら億万長者になった気分でいたことが思い出された。もっと若かった野心家のアガサは成功をおさめたことで満足し、心を乱すような愛を愚かにも求めたりしなかった。

「とてもよくお似合いだわ」

「ハネムーンには着ていけないわね」グラドウィンは笑った。

「どこに行く予定なの？」

「スペインのベニドルムよ」

「あそこはかなり暑いわね」

「子ども部屋をごらんになって」グラドウィンが言った。

泣きだす前にここから何が何でも出なくては、とアガサは思った。

彼女はグラドウィンのあとから小さな寝室に入っていった。壁は青い鳥とテディベアのステンシルで飾られていた。新しいゆりかごが窓辺に置かれ、そのわきにはふわふわしたおもちゃが一杯入った箱があった。

「グラドウィンがペンキ塗りも飾りつけも全部やったんだよ」ジムが言った。「彼女は何でもできるんだ」

アガサは腕時計を見て、わざとらしい驚きの声をあげた。「もうこんな時間！　急がなくては。人と会う約束があるの」

「ちょっとトイレに行ってきてから、玄関まで送るよ」

アガサは玄関に向かった。彼女とグラドウィンは玄関前の階段の上に立った。グラドウィンはアガサの方を向くと、低い声で言った。

「またここに戻ってきたら、絞め殺してやるわ、おばさん。わたしのジムのことはもう放っておいて。あんたみたいなダサいおばさんのどこがよかったのか、まるっきり理解できない」

ジムがやって来て二人と合流した。アガサはグラドウィンに言い返してやりたかったが、自分を抑えた。

ジムと握手し、グラドウィンにはうなずき、ぎこちなく庭の小道を歩いていって車に乗りこんだ。二人は並んで戸口に立っている。

アガサは手を振った。ジムは背を向けて家に入っていった。グラドウィンはアガサに中指を立ててくたばれと伝えてから、ジムを追っていった。

アガサは角を曲がると車を停め、ハンドルにもたれて大きく息を吸った。どうしてこんなに馬鹿だったんだろう？　現実を見なさい。ジムはとても幸運だったわ。一週間もしないうちに彼はわたしに耐えられなくなっていただろう。

ハンドブレーキをはずしクラッチをつなぐと、ゆっくり慎重に運転してガーデン・

ホテルに戻った。

部屋に行くとリネンのスーツを脱いだ。この服は縁起が悪い。二度とこれを着ることはないだろう。深紅のブラウスとベルベットのスカートに着替えると、ディナーに下りていった。今ではホテルには給仕長がいて、とても混んでいるので窓際に他の二人の女性といっしょのお席を用意させていただきました、と告げた。二人の女性というのはジェニファーとメアリーだった。

「あらまあ、アガサ」ジェニファーが言った。「あなたなのね。ジェソップ警部の結婚式のために来たの？」

「そのことを知っていたの？」アガサはナプキンを広げた。

「ええ、ハリーもメアリーもわたしもみんな招待されているの」

「どうして？」

「そうねえ、彼はこの殺人事件を解決して大きな手柄を立てたし……」

「わたしが解決したのよ」

「ともかく、わたしたち三人を招待してくれたの。楽しそうじゃない？」

じゃ、ハリーは結婚式のことを知っていたのに何も言わなかったのね、とアガサは思った。みんなでわたしを傷つけたいのかしら？

「最近はどんな調子?」アガサはたずねた。

「本気でイーストボーンに移ろうかと考えているの。このホテルは前とは変わってしまったし、ミスター・マーティンが料金を値上げしたから」メアリーは体をのりだした。「食べ物も前とはちがうの。じきにわかるわよ」

メアリーの言うとおりだった。量が格段に少なくなっていた。

「ミスター・マーティンって馬鹿ね」アガサは言った。「せっかくホテルが人気になっているのに、食べ物をけちって料金を上げるの?」

「新しいたくさんのスタッフのお給料を払わなくちゃいけないみたいよ」メアリーが言った。「そうそう、今夜埠頭のダンスパーティに行く予定なの。いっしょに来ない?」

「いいわね」アガサは言った。


しかしディナーをすませて部屋に上がると、いきなり服をすべてスーツケースに放りこんだ。それをフロントに運んでいき勘定を支払った。

「家族の問題が起きたの」彼女は驚いているフロントスタッフに告げた。「帰らなくちゃならないのよ」

ワイカーデンから出ていくとき、彼女は不吉な身震いを感じた。ジャニーンが全員に呪いをかけたのだ。デイジーと提督は死んだ。次は誰かしら？

豆電球がぶらさがっている遊歩道沿いに車を走らせていった。するとジムとグラドウィンが腕を組んで歩いていた。グラドウィンはあのミンクのコートを着ている。どこかの動物保護論者に襲われればいいのに。どうしてわたしだけは道徳的に正しくないことを見逃してもらえないの？　煙草を吸うだけで罵られたわ。

カースリーへの道はとても退屈で、とても孤独で、とても長く感じられた。

ようやくコテージに着くと留守番電話をチェックした。誰も電話をかけてきていなかった。チャールズもジェームズも、村の誰も。

彼女はぐったりしながら寝室に行き、猫たちに囲まれながらベッドに入った。

「まあ、ひどい目にあったわね」翌日、ミセス・ブロクスビーは同情をこめて言った。

「本当に屈辱的だったわ」牧師の妻に洗いざらい話し終えたアガサはため息をついた。

「でもねえ、どっちみちうまくいかなかったわよ」ミセス・ブロクスビーは慰めた。

「彼は絶対にあなたを信用しないし、夫婦げんかをするたびにチャールズの名前が持ちだされるでしょう。あなたが刺激を求める気持ちを発散しているせいなのよ。このままだと、これからも騒ぎを起こすでしょうね」

「もうごめんだわ。疲れたの。すっかり落ち着いたわ。猫たちと静かに暮らしたい」

「そう祈ってるわ。明日ここで婦人会の会合が開かれるわよ」

「うかがうわ。ケータリングのお手伝いをするわよ」

「助かるわ」それからミセス・ブロクスビーは村のさまざまなできごとや最新の基金集めの計画についてしゃべった。とうとうアガサは立ち上がって暇《いとま》を告げた。

「あのぞっとする女は帰ったかい？」牧師が書斎からのぞいてたずねた。

「アガサにはとても辛辣なのね、アルフ。彼女は善良な心の持ち主よ」

牧師は妻の頭のてっぺんにキスして、微笑みながら愛情をこめて見つめた。

「おまえはすべての人を愛しているんだね」

「それがあなたの仕事の一部だってことを忘れているわよ」

「ジェームズのブロンドの彼女が引っ越してきたことについてはどう言っている？」

ミセス・ブロクスビーはもじもじした。「話す勇気がなかったの」

「臆病者！」

アガサは自分のコテージのあるライラック・レーンに歩いて帰った。そのとき、車高の低い赤いスポーツカーがジェームズのコテージの外に停まっていて、煙が煙突からたなびいていることに気づいた。

彼が帰ってきたんだわ！　惨めさが吹っ飛んだ。ゆっくりおしゃべりできる、殺人事件についても残らず聞かせてあげられるわ。アガサはドアをノックした。

長身でスリムな三十ちょっと過ぎのブロンド女性がドアを開けた。カットオフジーンズに、ジェームズのシャツのすそをウエストで結んで着ている。

「ジェームズはいる？」アガサはたずねた。

「いいえ、ギリシャにいるわ。そこで知り合ったの。戻ってくるまでこのコテージを使っていい、と言ってくれたのよ」

「いつ帰ってくるの？」

「知らない。彼ってすてきよね？」

「そうね。じゃ、また」

アガサは自分のコテージに足音も荒く歩いていった。猫たちにえさをやると、庭に出してやった。

胸のあたりがずきずきと疼《うず》いていた。

訳者あとがき

アガサ・レーズンを主人公にした〈英国ちいさな村の謎〉シリーズ、九冊目の『アガサ・レーズンと禁断の惚れ薬』をお届けします。前作の『アガサ・レーズンとカリスマ美容師』で悪辣な美容師と対決し、見事に事件を解決したアガサですが、脱毛剤でシャンプーされ頭が禿げてしまいます。そこへ最愛の人、ジェームズ・レイシーが長い旅から帰ってきたので、こんなみっともない姿はとうてい見せられないとコッツウォルズから逃げだすのです。腰を落ち着けたのは、コッツウォルズから何時間も車で南へ走ったところにあるワイカーデンという寂れた海辺のリゾート地でした。宿に選んだ高級なガーデン・ホテルでは老人たちが長期滞在していて、アガサもしぶしぶ彼らの仲間入りをすることに。そんなとき、地元で〝魔女〟と呼ばれている女性のところに毛生え薬をもらいに出かけ、ついでに惚れ薬も手に入れます。もしも効き目があったら、ジェームズに使って……とまだまだジェームズが忘れられないアガサなのです。

そんなとき、地元警察の警部ジムから好意を寄せられ、アガサはまんざらでもない気分です。冷たいジェームズやいい加減なチャールズと比べ、地に足がついたジムは誠実で魅力的に思え、警部夫人になって、この寂れた土地に住むことをつかのま夢見るのですが……。

今回の読みどころは、なんといっても個性豊かなホテルの住人たちです。提督と呼ばれている元軍人の長身の男性、背中の丸くなった小柄な老人、提督に恋している未亡人、レズビアンではないかとアガサが疑う独身女性二人組。アガサは彼らの人間関係やバックグラウンドを巧みに聞きだすのですが、浮かびあがってきたさまざまな人生模様は非常に興味深く、物語に深みを与えています。また髪型も服も流行遅れの年配女性たちに、アガサはおしゃれ指南をしますが、さすがに元PRの仕事をしていただけあって、その辣腕ぶりには舌を巻きました。そして、いくつになってもおしゃれを忘れず、自分をよりよく見せようと努力するアガサに改めて敬服しました。だからこそ、アガサは男性にもてるのでしょう。

さらに、アガサはおなかをすかせてうろついていた白猫を保護し家に連れ帰ります。困っている年配女性の相談にも親身に耳を傾けるアガサは、人間でも動物でも助けを求められると放っておけない性格なのでしょう。アガサは好奇心旺盛で、関係のないことに首を突っ込むお節介屋かもしれませんが、本当は温かい心の持ち主なのだと改めて感じました。

作者のM・C・ビートンは昨年二〇一六年の秋に長年連れ添った夫のハリーを亡くし、一時落ち込んでいたようですが、今では元気を取り戻し、孫と会うのを楽しみに執筆活動にいそしんでいます。編集者や記者の仕事をしたあとでハリーと結婚したビートンは、夫とともにアメリカに渡り、ヴァージニア州でハリーは皿洗い、ビートンはウェイトレスをしてつましい暮らしをしていた時期があります。やがてハリーは事務員の仕事につき、息子のチャーリーが生まれ、一家はレストランの駐車場に建つ元密造酒作りが使っていたという古い木造家屋を借りて暮らすようになります。なんとレンジの下には六連発銃が残されていたとか。もっとも、ビートンにとってそれは懐かしい思い出のひとつであって、当時はちっとも惨めに感じていなかったと語っています。苦しい時代を経て、現在の人気作家の地位を手に入れたビートンの生き方は、アガサの生い立ちとかなり重なる部分があるようです。アガサはビートンの分身と言えるかもしれません。

二〇一七年十月にはシリーズ二十八冊目になる新作を発表しているビートンは、まだまだ健筆を誇っているようです。十冊目の次作 *Agatha Raisin and the Fairies of Fryfam* では、本書の中で占い師に言われたノーフォークに愛がある、という言葉に従って、アガサはノーフォークに向かいます。果たしてそこで本当の愛をつかめるのでしょうか？　翻訳は二〇一八年七月刊行予定なので、楽しみにお待ちください。また電子書籍限定でアガサが二十六歳だったときの初めての事件を描いた短篇が刊行されていますが、その物語の邦訳版もご紹介できる機会があればと願っています。

コージーブックス

英国《えいこく》ちいさな村《むら》の謎《なぞ》⑨

アガサ・レーズンと禁断《きんだん》の惚《ほ》れ薬《ぐすり》

著者　M・C・ビートン
訳者　羽田詩津子《はたしずこ》

2017年　9月20日　初版第1刷発行

発行人　成瀬雅人
発行所　株式会社　原書房
〒160-0022 東京都新宿区新宿1-25-13
電話・代表　03-3354-0685
振替・00150-6-151594
http://www.harashobo.co.jp
ブックデザイン　atmosphere ltd.
印刷所　中央精版印刷株式会社

落丁・乱丁本はお取り替えいたします。
定価は、カバーに表示してあります。
 ISBN978-4-562-06071-9 Printed in Japan